KB024206

득수, 읽다

음악을 듣는다는 것은 이야기를 듣는 것이라 생각합니다.

심지어 테너나 소프라노가 부르는 가곡 속에서도 가사를 넘어 숨겨진 이야기가 들려오곤 합니다.

그러나 그 이야기들은 짙은 안개 속에 놓여 있어 산인지 성인지 혹은 거대한 구름인지 구별할 수 없습니다.

눈을 크게 떠봅니다. 초점이 맞아질까 싶은 것이지요.

한 발자국 앞으로 나서봅니다. 형체가 드러날까 기대해 봅니다.

하지만 짙은 안개 속 그것은 좀처럼 모습을 드러내지 않습니다.

오히려 그것은 이렇게 말하는 것 같습니다.

"차라리 눈을 감지그래. 지금부터 내가 발을 쿵쿵거리고 손을 휘저으며 소리를 내어 말을 하겠네. 자네는 그 자리에 가만히 서서 내가 무슨 말을 하는지 무슨 말을 하면 좋겠는지 상상해 보시게. 나는 자네가 상상하는 그것이야. 그것이고말고."

음악을 들으며 이런 상상을 합니다. 음계라는 것, 이 자체가 하나의 언어가 아닌가?

고유한 주파수를 가진 발성들이 모여 고유한 단어를 만들고 단어들이 모여 문장이 되고 문장들이 모여 이야기가 되는 것.

그러나 단어, 문장, 이야기가 지닌 뜻이 단 하나가 아닌 언어.

듣는 이의 가슴속에서 각각의 단어로 각각의 문장으로 각각의 이야기로 나타나는 것.

하여 열 명이 들으면 열 개의 이야기가 되고 백 명이 들으면 백 개의 이야기로 꽃피는 것.

- 2024년 봄, 도서출판 득수

그런 언어가 아닌가?
가만있자.
그런 언어, 어디선가 만난 적 있지 않나요?

시.
서정시이든 산문시이든, 서사시이든.

작곡가가 남겨놓은 이야기를 찾아보겠다는 것에서 "득수 읽다" 시리즈가 시작되었습니다.
200여 년 전 쇼팽은 폴란드의 시인 아담 미츠키에비치의 서사시를 읽고 그것으로부터 발라드 4곡을 작곡해 세상에 내놓았습니다.
서사시라는 언어를 음악이라는 언어로 바꾸어 놓은 것이지요.
우리 득수의 작가들은 음악이라는 언어로부터 소설이라는 언어, 시라는 언어를 건져 올렸습니다.
『쇼팽을 읽다』는 네 명의 소설가와 네 명의 시인이 쇼팽 발라드 네 곡으로부터 찾아낸 언어, 이야기를 담고 있습니다.

찾아내는 것, 건져 올리는 것을 영감(靈感)이라 부를 수 있지 않을까요?
독자들은 득수의 작가들이 만들어 낸 언어로부터 어떤 영감을 받을지요?

1년에 한 번씩 독자들 앞에 "득수 읽다" 시리즈를 선보이려 합니다.

시리즈의 첫 작곡가는 쇼팽입니다.

Ballade_ 1

Ballade_ 2

Ballade_ 3

Ballade_ 4

Ballade_ 1

QR코드를 스캔하시면 쇼팽 발라드를 들을 수 있습니다.

"

나는 콘서트 후 아무리 늦어도 일주일 뒤면 바르샤바에 없을 걸세.
작은 여행 가방은 벌써 사두었고, 여행용품도 다 준비되었다네.
악보들은 철해졌고, 손수건들의 가장자리는 감쳐졌고,
바지들도 말끔하게 손질이 끝났어.
이제 작별을 고하는 일만 남았는데, 이것이 가장 슬픈 일이야.

— 쇼팽이 티투스 보이체호프스키에게 보낸 편지, 1830년 10월 5일

"

그 한 가지

유희란

웃어도 돼요?

은하의 물음에 준수는 자신의 모습을 조명 켜진 화장대에 비춰보고 이제껏 분장을 지우지 않았다는 것을 깨달았다.

웃어도 돼요. 얼마든지.

준수가 대꾸했다. 은하는 객석에 앉아 있던 단 한 명의 관객이었다.

1막에서 신호등이었고 2막에서는 가로등이었다. 준수는 온몸에 녹빛이 도는 칠을 하고 검은 타이츠를 입은 채였다. 무대 위에 서 있던 그대로 겨드랑이에 팔을 꼭 붙이고 짧은 보폭으로 걷고 있었다. 얼마 전 회사를 그만두었고 작년 이맘때 엄마를 잃었고 살던 곳으로 이사를 앞둔 준수는 무대 밖에서도 머리를 숙이고 가로등 역할을 열심히 할 뿐이었다. 분장실 문 앞 바닥에 비켜서지 않는 하얀 운동화가 시선에 들어와 옆으로 움직이려 했으나 운동화는 길을 내주지 않았다. 준수가 얼굴을 들었다. 은하였다. 가로등 불빛에 모여들었던 하루살이와 모기떼, 나방 등의 모형들이 앞머리에 대롱대롱 매달려 있다가 머리카락인 양 그의 귀 옆으로 흘러 내려왔다.

준수는 오년 내내 같은 이야기를 공연하는 극단에 들어왔다. 건축 일을 하고 있었지만, 주말엔 거르지 않고 무대 위에 올랐다. 무언극이었고 인형만 등장하지 않았을 뿐, 동화 같은 내용이었다. 내용이 있기나 한 건지 보기에 따라서는 연극이 아니라 그냥 어떤 장면이라고 말해도 이상하지 않았다. 같은 장면을 연기하던 배우들은 분기에 한 번씩 배역을 바꾸었다. 분장하고 그 자리에 붙박인 듯 서 있는 것이 전부였으나, 그게 전부였으므로 누군가 보게 될 자신의 표정이나 자세가 의식되었다. 하지만 회를 거듭할수록 말하는 법을 잠시 잊어도 되는 시간이 주어졌고 어떤 태도로 발붙이고 있는지 주의를 기울이지 않아도 되는 공간에 이르렀다. 목적지를 정하지 않아도 도착하는 곳이 있었다. 그렇기에 단 한 명의 관객조차 없을지라도 극단의 운영비를 내면서까지 무대 위에 오르는 구실은 충분했다. 준수가 전에 맡은 역할은 사냥을 싫어하는 도베르만이었고 그전에는 팽팽하게 당겨지는, 도베르만의 목줄을 잡고 있던 사냥꾼이었다.

거울 속에 비친 조악한 가로등 앞에서 은하가 훌쩍였다. 은하의 웃는 모습을 자주 떠올리곤 했던 준수는 울고 있는 은하에게 마음대로 하라고 했다. 울고 싶으면 울고 웃고 싶으면 웃으라고. 말투에 친절이나 공손함은 없었다. 그러면서 한마디 덧붙였다.

그동안 잘 지내길 바랐어.

비가 내리는지 분장실의 어둑해진 창에 줄무늬가 생겼다. 아까부터 내렸는지 지금 막 내리기 시작한 건지 은하가 오는 길에 비를 맞지는 않았는지, 생각하다가 우산은 가져온 거냐고 물어보려고 다시 눈길을 돌렸다. 은하는 얼룩이 묻어 눈꽃 문양이 흐릿해져 버린 소파에 앉아 준수에게 이렇게 말했다.

자꾸 기억하는 게 있어. 그날도 이런 오후 시간이었을 거야.

새벽까지 비가 내렸다. 주차하고 내리면서 진창이 튄 자동차의 오른쪽 바퀴를 바라보다 준수는 어젯밤에 듣게 된 은하의 이별 이야기를 떠올렸다. 헤어진 그 친구는 어떤 사람이었을까. 오른쪽에서 보면 잘생겨 보이고 눈웃음이 착해 보이던 사람. 이따금 개자식이 되곤 한다던 그 사람에 관해 듣고 있어야 하는 시간이 준수는 불편하기만 했다. 드문 일이긴 했지만, 서로 만난 적 없는 동안에도 은하가 이따금 자신의 공연을 보러 왔다는 것을 알고 있었다. 하지만 분장실까지 찾아와 자신을 기다린 것은 처음이었다.

주차장을 빠져나와 상가 쪽으로 걸음을 서둘렀다. 이삿짐 트럭과 사다리차가 주상복합 정문 진입로에 정차해 있었다. 비갠

하늘이 정오를 넘기면서 점점 맑아졌다. 이사하기 좋은 날이네. 혼자 중얼거렸다. 산 하나 너머에 있는 활주로를 향해 고도를 내리고 있는 비행기가 보였다.

부동산 안에는 이삿짐 정리를 마친 세입자가 이미 와 있었다. 월세 보증금을 내어주고 계약서를 돌려받는 동안 세입자 여자는 다리를 꼬고 앉아 모바일 뱅킹으로 어제 날짜까지 정산한 관리비를 준수의 은행 계좌로 보내고 있었다. 한여름을 보낸 뒤라 그런지 전기 요금을 포함한 관리비가 육십만 원이 넘었다. 월세가 두 달 밀려 있을 때 준수가 문자를 했다. 경기 불황에 일을 못 하고 있으니 조금 더 기다려 달라는 답이 왔다. 그리고 석 달째가 되던 어느 날 여자가 나가겠다는 의사를 전해왔다. 계약만료가 되려면 사 개월 정도 남았으나 준수 또한 사는 곳에서 이사를 고려하고 있었기 때문에 별다른 불만을 보이지 않았다.

여자는 한 손으로 자기 허벅지를 두드리며 침착하게 하라고 스스로 주의를 주는 듯했다. 공인중개사 여실장이 금액을 다시 또박또박 불러주자 여자는 신중한 눈빛으로 손가락을 움직였다. 분주하게 책상 사이를 오가던 실장이 보증금을 돌려받았다는 영수증을 작성한 후 여자에게 사인하라고 내밀었다. 수화물에 달린 항공 노선의 꼬리표처럼 실장의 치맛단 아래에 실오라기가 붙어 있다. 어디를 다녀오는 길일까. 매만지지 않은 듯한 단발머리에 둥근 눈썹과 그 아래 생기 없는 눈빛. 힘든 일에 매여 있다. 준수가 공인중개사 실장을 떠올릴 때 기억하는 이미지였다.

그는 혼자 있는 시간이면 누군가의 모습을 떠올리고 배역 하나 하나를 맡겨보기도 했는데 대개는 무대 위에 오르기 전 그들 스스로 역할을 찾아갔다. 언젠가 꼬리표가 달린 짐을 손수레에 싣고 어디론가 떠나는 이야기를 무대 위에 올릴 생각이었다. 실장이 오늘은 뿔테 안경을 꼈다. 눈빛이 가려져 그동안과는 다른 분위기를 자아내고 있었다.

준수는 오늘 수고가 많았으니 점심이라도 대접하겠다고 말하려다 입을 다물었다. 코로나 팬데믹이 먼 일처럼 잊히고 있어도 함께 밥을 먹는 관계란 매일 보는 사람이거나 무척 반가운 사이가 되어버린 듯했다.

이만 가볼게요. 그동안 잘 살고 가요.

보증금이 들어왔는지 확인한 후 영수증을 내어주며 여자가 인사했다.

불편한 건 없으셨어요?

준수가 물었다. 사는 동안 물어볼 말이었다는 생각이 들었지만, 나가는 세입자에게 건네는 인사말로도 괜찮을 성싶었다.

괜찮았어요. 좋은 일이 많았어요. 감사합니다.

일을 못 해 월세가 석 달 밀리고 이사까지 나가는 세입자에게 이런 인사를 받으니 왠지 편안하지 않았다. 무엇이 감사하다는 말일까. 월세가 밀리자 독촉 문자까지 하지 않았던가. 보기에 따라 예의 바른 사람이라고 말할 수 있으나 준수는 그런 여자가 이상하게 생각되었다. 이상하다는 것은 이성적이거나 논리적이지 못하다는 인상을 주었고 준수는 여자의 말을 확인하고 싶은 마음이 들었다. 어떤 일이었는지 그 좋은 일에 관해 물어보고 싶었지만 적절한 질문이 아닌 듯했다. 여자를 뒤로하고 남은 매매 건을 처리하느라고 바쁜 실장의 안경 너머를 일별하며 일어섰다.

부동산을 나와 과자점과 일 년 예금 금리를 커다랗게 써 붙인 은행을 지나 집으로 걸어가는 길 어디쯤에서 준수는 새벽을 떠올렸다. 세입자였던 여자는 새벽 2시쯤의 졸음 가득한 눈이었다. 안으로 살짝 말려든 어깨는 추위를 몹시 걱정한다는 인상을 주었다. 여자는 조금 더 외곽으로 이사한다고 했다. 어렵사리 일자리도 구했다며 한시름 놓은 표정이었다. 가슴 한편에 자리 잡은 미안함이었을까. 준수는 졸음을 밀어내려는 여자의 눈빛을 자꾸 되살렸다. 이사 나가는 것을 허락해 줘서 감사하고 비록 아르바이트지만 단기 일자리라도 자주 구할 수 있어서 좋은 일이 많았다고 한 것인지도 몰랐다.

모든 게 좋았어. 한 가지만 아니면. 어젯밤 분장실에 앉아 은하가 이백삼십일을 만났다는 친구에 관해 그렇게 얘기했다. 준수는 그 한 가지가 궁금했으나 내색하지 않았다. 은하가 하려던 말을 그만둘까 봐 조용히 기다렸다. 술을 마시면 폭력적으로 변했어. 그걸 한 가지라고 말할 수 있는 거냐고 준수가 물었고 은하는 웹툰 속 여주인공처럼 따분한 표정으로 다들 술 때문이라고 하니까, 누군가를 책망하듯 대꾸했다. 날을 어림잡아 보니

이 년 전이었다. 헤어지는 그 당시엔 우리가 훗날 이런 이야기를 나누게 되리라고 생각하지 못했다는 말을 꺼내려다 준수는 그만두었다. 어떻게 모든 게 좋을 수 있느냐고. 네가 좋다고 말하는 것은 나쁘지 않다는 말이냐고 물었다. 은하는 고개를 갸웃하더니 답했다.

나쁘지 않은 건 내게 좋은 거야. 그렇다고 나쁜 게 많은 건 아니었어.

준수는 고개를 끄덕였으나 수긍하는 의미는 아니었다.

함부로 하게 내버려 둔 얘기는 하지 않는 게 좋아. 위험해질 수 있거든.

당신이 위험한 사람은 아니잖아.

사람들은 가끔 예의 없는 사람이 되기도 하니까.

누가 누구에게 함부로 할 수가 있어. 제멋대로.

준수는 은하가 당황할 때 어떤 표정을 짓는지 잘 안다. 눈앞의 광경을 믿을 수 없을 때 가늘어지던 눈빛도 기억한다. 그리고 이렇게 주고받던 서로의 대화도. 아무런 말 없이 가만히 시간이 흘렀다. 잠시 후, 준수는 모든 게 좋은 연인과 헤어진, 그 단 한 가지 이유를 내게 말하는 이유는 무엇이냐고 물었다.

그 한 가지가 모든 것을 덮어버릴 수 있다는 걸 알았으니까.

흰색이었다가 노랑이었다가 언젠가 파랑이었지만, 장마철이 되기 전에 검은색 결로방지 페인트를 칠해놓은 벽면에 눈길을 두며 은하가 말했다. 준수는 고민 끝에 그럼 나는 어땠느냐는 질문을 하고 말았다.

　모든 게 별로였어. 하지만 한 가지는 좋았어.

　준수는 그 한 가지도 모든 걸 덮어버릴 수 있다면 좋겠다고 생각했다. 그게 뭐였냐고 묻기 전에 은하가 말을 이었다.

　그 한 가지는 뒤통수가 납작해지도록 기대앉아 대화를 나누던 시간이었어.

　일 층 공동 현관 비밀번호는 준수가 전에 쓰던 번호 그대로였다. 바꾸지 않고 사용한 모양이었다. 우편함에는 여자 앞으로 온 증권회사 거래 내역서와 백화점 홍보물과 홈쇼핑에서 나오는 책자가 있었다. 꺼내려다 그냥 두었다. 여자가 알려준 여섯 자리 비밀번호를 누르고 짐이 다 빠진 텅 빈 집으로 들어갔다. 여덟 달 만의 귀가였다. 이 년 전에 준수는 연인이었던 은하를 이 집에 초대했었다. 그러니까 말하자면 은하는 헤어진 준수를 찾아와 자신의 이별 이야기를 한 거였다. 어떤 마음일까. 준수는 그 마음을 가늠하려 했으나 복잡하게 갈라진 길 어딘가에 서 있는 기분이었다.

　베란다 창밖으로 주상복합 단지 안에 주차된 이삿짐 트럭이 보였다. 이삿짐센터 직원들은 점심을 먹으러 단지 밖으로 나가고 있었다. 거실과 베란다 그리고 일부러 공간을 내어 만든 다용도 팬트리와 방을 둘러보았다. 거실 형광등은 다섯 개 중 한 개만 불이 들어왔는데 그나마 침침했다. 여자는 혼자 살았을지도 모른다. 이따금 와서 아귀가 맞지 않은 창틀을 맞추거나 형광등을 갈아주는 사람도 없었을 것이다. 그게 아니라면 필요한 도움을 누군가에게 말하기 어려워하는 사람일 것이다. 준수는 이런저런 생각을 하며 어둑해지기 시작한 실내를 다시 살폈다. 웨인스 코팅으로 실내 장식한 거실 벽면에 스크래치를 살피다 베란다의 파벽돌 하나하나에 눈길을 주었다. 준수는 문득 생각난 듯 화장실로 들어갔다. 그런데 사기로 된 변기의 저수조 뚜껑이 없다. 짐을 빼던 이삿짐 직원이 깼다는 말을 전해 들은 것도 같았다. 게다가 비데를 설치했다가 떼어갔는지 변기 시트커버가 건성으로 달려있었다. 조심스레 앉았지만, 한쪽 볼트가 헐거워지면서 그의 엉덩이가 깔개 밖으로 미끄러졌고 순간 균형을 잃고 손바닥으로 바닥을 짚었다. 세입자였던 여자가 예의 없고 이기적인 사람이라는 생각은 하고 싶지 않았으나 그렇더라도 하는 수 없다고 손을 씻으며 중얼거렸다.

이게 무슨 자국일까. 우드 칸살로 가벽을 세워 드레스 룸과 방의 공간을 분리한 안방을 둘러보다 네모난 자국을 발견했다. 거실 바닥의 검은 얼룩은 배구공만 했다. 준수는 주의 깊게 살피기 시작했다. 베란다에 돌출된 파벽돌 하나의 귀퉁이가 깨져 있고 현관에서 거실로 가는 곳에 그림을 걸도록 설치한 액자 레일 하나가 고장 나 있었다. 철삿줄 하나가 중간에 끊어져 있다. 벽에 구멍을 내지 않게끔 철물 장식에 의뢰하여 천장에 시공한 와이어 걸이였다. 손으로 잡아당기자 좌우로 이동되지 않고 헐겁게 바닥으로 딸려 내려왔다.

집을 돌아다니던 준수는 여러 곳에서 얼룩을 발견했다. 안방 붙박이장 부근과 거실 벽걸이 텔레비전 아래와 건넌방의 문 뒤. 방과 거실 바닥은 밝은 갈색 무늬목으로 나무의 결이 그대로 살아 있었는데 동그랗거나 네모난 검은 자욱이 그 결을 훼손하고 있었다. 붙박이장의 문을 하나하나 열어보며 여자를 떠올렸다. 새벽 2시쯤의 졸린 눈으로 여자는 얼룩을 바라본 적이 있을까.

식사를 마친 이삿짐 직원들이 하나둘 들어왔다. 열린 창문으로 내려다보니 사다리차가 수평을 맞추고 있었다. 분주하게 이삿짐 옮길 준비를 하는 것을 바라보다 밖으로 나왔다. 준수는 배가 고픈데 밥 생각이 도무지 나지 않았다.

주차장으로 내려가 차에서 뒹굴고 있던 음료수병과 각종 영수증과 휴지 등 쓰레기를 모아 빈 종이 가방에 담았다. 트렁크를 열자 '건축가의 목표'라는 제목의 책과 완성하지 않은 설계 도면과 그 옆으로 레터링 원칙을 빼곡하게 적은 노트 등이 있었다. 준수는 지난주까지 건축 사무소에서 공간을 계획하는 일을 병행했었다.

이젠 공간에 건축물을 짓는 것이 아니라 건축물이 공간을 만드는 시대입니다.

갓 들어온 신입 건축가는 준수의 등 뒤에다 타이르듯 말했다. 길을 설계할 때는 물론 건축물을 지을 때도 공간을 먼저 계획해야 한다는 준수와 신입 건축가는 늘 의견이 충돌했다. 건물을 설계하는 목적과 그 가치를 고민해 봤냐는 질문이 이어졌다. 당연한 것은 없고 꼭 객관적이어야 할 필요도 없으며 복잡한 문제가 생겼다면 다시 설계하고 다시 협상할 수 있어야 한다고 했다.

포기하세요. 문제가 있으면.

건축설계를 의뢰한 건물주의 불만이 접수되었다. 공간을 두기 위해 건물의 방향을 남동향으로 조금 바꾼 상태였는데 그것이 문제였다. 신입 건축가의 말이 회사를 그만두라는 말은 아니었으나 준수는 자신의 자리를 내려놓아야 한다는 것을 알았다.

창문이 없는 방을 원하는 사람이 있을 수 있고 계단 없는 이층을 주문하는 사람도 있을 수 있다고 했다. 기둥은 물론 수도관 파이프와 덕트와 전기선 같은 보조 설비들이 노출된 건축물이 오래전부터 주목받기도 했다는 것과 기능을 우선시하는 형태에 관해 익히 잘 알지 않냐는 질문이 이어졌다. 말끝에는 창조라고 생각해 보세요, 라고 아량을 베풀 듯 그에게 의견을 제시했다.

준수는 공간을 무시한 건축물은 그 공간을 침범하는 설계가 아니겠냐고, 기능 이전에 정서를 고민하는 게 먼저라고 말하지 못했다. 창조라는 말은 함부로 쓰는 게 아니라고, 기억을 불러오거나 기껏해야 기억을 찾은 일이니 어쩌면 발견에 가깝지 않겠냐고 묻지도 않았다. 십오 년 다닌 회사를 그만두는 것은 자신보다 그가 합리적이라는 생각이 들어서였다. 책상을 정리하던 준수 곁에 가깝게 지내던 직원들이 다가왔다. 자신은 큰 타격을 입거나 뼈저린 후회를 할 만한 일을 한 것도 아닌데 마치 몸에 난 상처를 염려하는 것처럼 그들은 위로의 말을 건네고 있었고 준수는 그런 동료들마저 불편하게 생각되었다.

창문은 집에 빛을 주기 위해 만들고 계단은 이음이며 방은 집에 자리를 두기 위해 짓는다고 준수는 그들을 뒤로하며 중얼거렸다. 사람 사는 세상은 효율성에 앞서 인간적이어야 했다. 그것이 준수가 생각하는 건축의 목적이었다.

아직 남아 있는 것들을 종이 가방에 담아 아파트 단지 안에 동별로 만들어 놓은 재활용 집합소에 갔다. 음료수 통을 플라스틱이 모여진 자루에 던져 넣고 폐지가 모여 있는 구역 안에 종이 가방을 내려놓았다. 그곳에서 스티로폼을 정리하던 경비원이 그에게 한마디 하려는지 검지로 재활용 날짜를 지켜주세요, 라고 쓴 안내판을 가리켰다. 마스크 위로 보이는 서로의 눈빛이 마주쳤다. 준수는 머리를 숙이며 말했다. 죄송합니다. 경비원은 하려던 말을 혀끝에서 녹이는 듯 쩝쩝 소리만 냈다. 준수는 뒤돌아 손을 두어 번 털고는 아파트 정문을 향해 걸어갔다.

관리 사무소 옆 공간에 어느 집에선가 뜯겨 나온 붙박이장이 서 있었다. 생활폐기물 처리장은 따로 있는데 누군가 급하게 버리고 간 듯했다. 짙은 호두나무 색이어서 내려앉은 먼지까지 하얗게 보였다. 흠씬 주먹세례라도 받은 모양으로 여기저기 홈이

파여 있고 얼룩덜룩 손자국도 보였다. 준수의 눈길이 잠시 머물 렀다. 비뚤게 문이 닫힌 장은 내부 어딘가 토막이 난 것처럼 형체를 굽히고 서 있는데 경첩이 풀려 떨어질 듯한 다른 한쪽 문이 바닥에 내려앉아 오히려 중심을 잡고 있었다. 두 사람의 모습이 떠오르는 이유를 준수는 알 수 없었다. 푸른 멍이 보이지 않도록 여름에도 긴소매를 입던 박 씨와 화를 못 이겨 굽어진 채 기세가 남아 있던 김 씨. 그 당시엔 몰랐고 지금은 알고 싶지 않은 일. 김 씨를 기억할 때면 준수는 얼굴에 붙은 검불을 떼어 내려는 것처럼 고개를 흔들었다.

준수가 어릴 적 김 씨와 박 씨가 자는 안방에 자개장롱이 있었 다. 오동나무로 만든 양문형으로 나비경첩과 동그란 고리 손잡이가 달려 있고 꽃문양이 측면까지 있는 장이었다. 어느 날인가 장롱에 얼룩을 만들었다는 이유로 준수는 김 씨에게 매를 맞았 다. 자개가 감싼 문짝 아래 짧은 발통 이음새가 얼룩덜룩했다. 자신이 그런 게 아니라고, 절대 그러지 않았다고 말했다. 그것 은 진실이고 절대로 거짓이 아니었으나 소용없었다. 오히려 거 짓말을 한다는 가중 죄가 붙어 옷이 벗겨진 채로 매를 맞았다. 아닌데, 정말 아닌데. 어린 소년은 억울한 마음에 울었다. 자꾸 쳐지는 엉덩이를 똑바로 들라며 배와 성기 사이에 차갑고 단단 한 알루미늄 야구 배트를 대고 올렸을 때 어린 소년은 김 씨를 바라보았다. 김 씨의 눈동자는 훈육하는 사람의 시선이 아니었 다. 어린 소년은 느낄 수 있었다.

돌아 나오다 화단을 밟고 올라서서 앞에서 빠르게 다가오는 전동 킥보드에 길을 비켜주었다. 다시 내려서는데 아랫배에 서늘함이 느껴졌다. 멀어진 전동 킥보드를 바라보았다. 준수는 피할 수 있는 것을 피하긴 했으나 마주치지 말아야 하는 것을 마주친 기분이었다. 관리사무소에서 경비 한 명이 나와 장롱에 재활용비를 정산했다는 내용의 스티커를 붙였다.

이삿짐이 다 올라오고 정리를 마친 직원들이 후기로 칭찬의 글을 남겨달라는 말을 남기고 갔다. 모두 빠져나가고 홀로 남아 멍하니 거실의 얼룩을 보았다. 가만히 바라보면 그림 같기도 했다. 여자는 무슨 그림을 그린 것일까. 혹시 집 전체가 그림이었는데 여자가 여백을 만든 것은 아닐까. 그림만 있는 집에 공간을 만들었다. 거기까지 생각이 미치자 준수는 지금 막 잠에서 깬 것처럼 아득해졌다. 그렇다면 너무 큰 그림이 아닌가. 그림을 조금씩 지워나가려고 했을까. 그림이 그림답지 않았으므로 이렇게 큰 그림을 훼손했더라도 아무 말 할 수 없다고 고개를 주억거렸다. 그림을 지우고 다시 그리면 어찌 되는가. 선과 면으로 이루어진 얼룩의 테두리를 경계라 한다면 내부와 외부의 구분이 가능한가. 준수는 자신이 움직이는 이곳이 그림의 내부인지 외부인지 알 수 없었다.

건축을 배울 당시 이 집을 리모델링했다. 친환경 블록으로 꾸민 현관의 분위기에 갤러리 몰딩으로 마감한 신발장이 꽤 잘 어울린다고 생각했다. 공간이 훨씬 넓어 보였다. 준수는 현관문의 비밀번호를 새로 지정하고 밖으로 나갔다. 정문에서 백 미터쯤 떨어진 슈퍼에 들러 다양한 용도의 세제와 우유와 달걀을 샀다. 돌아와 비밀번호 네 자리와 별을 누르고 들어갔다. 김 씨와 함께 살 때 비밀번호는 열다섯 자리였다. 무작위의 숫자는 식구들의 생일도 기념일도 아니었다. 허락받지 않은 누군가 들어올지도 모른다는 두려움 때문이었을까. 아니면 온 식구들이 집에 들어가기 전에 치러야 하는 시험이었을까. 박 씨는 늘 외우지 못해 남자에게 전화를 걸고는 했다.

　얼룩 앞에 앉아 그것을 지우기 시작했다. 수세미로 문지른 바닥이 우둘투둘해졌다. 주방 세제로 닦고 표백제로도 닦았으나 오히려 조금 더 번질 뿐, 검은 얼룩은 변함없었다. 얼룩 없애는 방법을 검색하여 예전에 사둔 세척 스틱으로 닦아도 소용없었다. 초음파를 이용한 미세기포가 스며들어 얼룩의 색을 희미하게 만들 거라고 기대했는데 아니었다. 배구공만 했던 얼룩이 넓어져 짐볼만큼 커졌다. 붙박이장 앞의 얼룩은 장 중간까지 올라와 있었다.

　가만히 얼룩을 바라보던 준수가 여자에게 전화를 걸었다, 집에 얼룩이 남았는데 지워도 지워지지 않는다고 말해야 할까. 망설이며 기다렸으나 여자는 전화를 받지 않았다. 집에 얼룩이 있는데 원래 있던 거냐고 물어야 할까. 준수는 곧바로 걸려 온 전화를 받았다. 네. 여자가 아닌 김 씨의 목소리가 들려왔다. 오늘

네 엄마 기일인데 아느냐고 물었다. 준수는 대답하지 않고 가만히 있었다. 박 씨가 세상을 떠나고 홀로 살던 김 씨는 종교 단체에서 운영하는 실버타운에 들어갔다. 다른 곳에 비해 저렴하고 시설도 괜찮았다. 박 씨가 있는 납골 공원에 가려는데 함께 가겠느냐고 다시 물었다. 다녀오세요. 저는 일이 있어요. 준수가 답했다.

넌 늘 그 모양이구나. 네가 하고 싶은 대로 해라. 네 모습을 다 지켜보고 있을 거다. 무슨 말인지 알겠느냐. 독실한 종교 신자인 김 씨는 늘 말을 이렇게 했다. 준수는 지켜본다는 게 어떤 의미인지 알고 하는 말인지 궁금했다. 김 씨는 자신의 모습을 누군가 지켜본다는 생각은 하지 않았을까. 그런 눈을 의식했다면 박 씨의 손목을 묶을 수 없었을 거고 준수는 생각했다. 신도 눈감아 주고 용서하고 모르는 척해주었다면 당신과 그 대단한 신은 공범이 아니겠냐고 말하고 싶었다. 공범 주제에 지켜보면 어쩔 거냐고 따져 물으려다 아무 말 없이 전화를 끊었다.

다시 지우기 시작했다. 그런데 얼룩을 없애려고 할수록 나무의 결이 벗겨졌다. 여자가 만든 얼룩이 아니라면 원래 있었던 자국일까. 그것도 아닌 듯했다. 세입자가 집을 보러 왔을 때도, 이사 들어올 때도 별다른 말이 없었다. 세입자들은 임대인이 나중에 손해배상을 물을 것을 대비하여 자신이 들어올 당시 파손된 것들을 명시하는 것이 대부분이었다. 벗겨진 나뭇결이 가시가 되어 떨어져 나왔다. 물결문양은 온 데 간 데 보이지 않았다. 회복할 수 없는 상태가 되어가는 것은 아닌지 준수는 불안했다.

뒤룩뒤룩 살이 찐 얼룩말. 거구의 토끼. 얼룩은 보는 각도에 따라 변했다. 알아보지 못할 만큼 부푼 글자. 바람 빠진 풍선 같은 몰골. 하늘을 바라보는 자세로 누운 개구리. 미세하게 떨던 다리가 이제 막 경직된 듯보였다. 준수는 얼룩을 지우려고 팔에 힘을 주고 손목을 움직였다.

어느 순간 고개를 깊숙이 파묻은 자신이 의식되었다. 그 당시엔 몰랐고 지금은 알고 싶지 않은 일. 그 일을 떠올리면 준수는 이상한 기분에 휩싸였다. 알루미늄 야구 배트에서 과격한 소리가 났다. 냉소 가득한 눈빛에 담긴 다른 감정. 그 당시 김씨의 눈이 무언가를 채우려는 조바심으로 벌어지며 그에게 다가들었음을 기억했다. 때리는 감각은 아픔의 감각을 동시에 갖고 있었을까. 이따금 박 씨의 두 손목엔 검붉은 멍 자국이 선명했다. 현관문 비밀번호를 외우지 못해 준수에게 전화를 건 날이었다. 그런 날은 간밤에 들리던 고통에 찬 신음을 떠올리다 귀를 막았다.

김 씨가 외출하면 박 씨는 종종 어린 소년에게 함께 죽자고 했다. 곁에 위험한 도구나 몸을 가누지 못할 만큼 놀라운 언어가 있었다. 살고 싶지 않아. 보란 듯이 죽어버릴 거야. 내가 없는 세상에 네가 살 수 있겠니? 손이 묶여 있곤 하던 박 씨의 손목은 푸른 팔찌가 채워져 있는 듯했고 반소매 안으로는 빨간 사인펜

자국이 미세한 균열처럼 퍼져 있었다.

뒤통수가 납작해지도록 의자 등받이에 기대앉았다. 그때 무슨 대화를 나누었던가. 은하의 손목에 걸린 은팔찌가 반짝였다. 준수는 끝내 푸른 팔찌 이야기는 하지 않았다. 혹여 은하가 만든 얼룩일까. 어쩌면 자신이 지어낸 것일지도 모른다는 생각이 들었다. 은하가 집에 온 날, 식탁을 사이에 두고 함께 마주 앉아 밥을 먹었다. 일기예보에 없던 비가 내리기 시작했고 그 빗소리를 들으며 대화를 나누었다. 이따금 입 밖으로 소리 내어 웃었다. 즐거운 듯했다. 준수는 그 자리에 앉아 있는 이가 자신이 아닌 것 같아 자꾸만 수저 오목한 부분에 자신을 비춰보던 기억마저 떠올렸다.

공연할 때 안무를 하느냐고 물었던 것 같다. 사람들의 느린 움직임이 마치 춤처럼 보인다고 하면서. 준수는 움직임의 방향을 정하거나 계획하는 일은 없다고 설명하며 자신을 의식하는 것만 계획한다고 말했다. 은하는 자신을 의식하는 게 꼭 필요한 거냐고 물으며 크림을 바른 빵을 접시에 내려놓고는 포크로 찍어 먹었다. 빵을 먹을 때 포크에 걸린 빵이 흔들리면서 은하의 입가에 하얀 생크림이 묻었다. 준수가 그 모습을 물끄러미 바라보며 미소 지었다. 어릴 때 자신이 좋아하던, 성가대에서 피아노를 치던 오빠의 기다란 손가락을 닮았다고 말하며 은하가 그의 손을 잡았다. 손이 참 따뜻하여 준수는 가슴이 뭉클했다.

박 씨의 손을 잡으려던 어린 소년은 손목에 두른 푸른 팔찌에 마음을 빼앗기곤 했다. 그런 날은 밖에 나가 늦게까지 집에 들어가지 않았다. 박 씨의 손이 따뜻했던가. 기억나지 않았다. 오래도록 집 밖에 있다가 깜깜해지면 용기 있는 어린이라도 된 듯 어두운 골목을 성큼성큼 걸어 들어가며 주문을 걸었다. 나는 힘이 세다. 나는 키가 크고 힘이 세다. 빨리 어른이 되어야지. 김 씨를 집에 들어오지 못하도록 단단한 대문을 만들고 두꺼운 현관문을 만들고 착한 사람만 아는 주문을 만들어서 그걸 불러야 문이 열리는 방문을 만들 수 있게 해달라고도 빌었다. 박 씨가 안전하게 머물 공간을 먼저 생각하고 어디에 가면, 어떻게 가면 그러한 공간이 있는지 얘기해 줘야겠다고 생각하고 그러다 미처 알아두지 않았다는 것을 깨닫고는 자책했다. 발걸음이 무거워지곤 하던 그때. 발꿈치를 높이 들고 걷던 어린 소년은 복사뼈가 이따금 아팠던 것 같다.

  아파트 정문을 나서 후문까지 걸었다. 편의점에 들러 음료와 해열제를 샀다. 예전처럼 밤에 열이 날지도 모르는 일이었다. 일 층 현관에 들어섰다, 엘리베이터가 지하에서 올라오고 있었다. 문이 열리자 여자가 보였다. 마스크 위로 졸린 두 눈이 조금 커다래지면서 준수를 바라보았다.
  어디 가세요?
  준수가 의아해하며 물었고 여자는 뭔가 들킨 사람처럼 어수선하게 움직였다. 가방과 머리와 신발과 엘리베이터 버튼에 시선을 두었다.

택배가 왔는데요. 집 앞에 두었다고 해서 찾으러 왔어요. 아직 주소 변경을 못 했거든요.

준수는 얼룩 이야기를 해야 할지 고민했다. 손해배상이나 원상복구 때문이 아니고 그저 얼룩을 지우고 싶기 때문이라고.

아까 전화를 못 받았어요. 너무 화가 나 있었거든요. 남자 친구와 헤어졌는데 그 친구가 제 카드로 산 노트북 청구서가 날아왔어요. 심지어 십이 개월 할부로 사서 아직도 칠 개월이 남은 거예요.

아무리 생각해도 일곱 달은 너무 길다는 듯 여자가 잠깐 손을 꼽았다.

남자 친구와 함께 살았나요?

그런 셈이죠. 내가 일하러 나가면 집에 있곤 했으니까.

이사 나갈 당시 관리비에 청구된 전기세가 오십 만원 가까이 되었던 사실이 떠올랐다.

그런데 집에 얼룩이 있어요. 지워도 지워지지 않아요.

네? 그럴 리가 없어요. 저는 얼룩 같은 건 보지 못했어요.

들어와 보실래요?

졸음에 겨운 눈을 가진 사람은 위험에 빠질 수 있다. 그런 사람을 알아보는 준수는 여자에게 이런 식으로 아무나 따라가면 안 된다고 말하고 싶었다. 앞서 걸으며 여자가 몇 걸음 뒤에 쫓아오는지 살폈다.

혼자 사시나요?

남자 뒤에 선 여자가 물었다.

모르겠어요.

무슨 대답이 그래요?

전에 만나던 여자 친구가 연인과 헤어졌다고 나를 찾아와 고백했어요.

아직 감정이 남은 건가요? 오래 만났어요?

저와 만날 때 모든 게 별로였다는데 한 가지는 좋았다더군요.

일 년이 조금 못 되게 그러니까 여덟 달 정도 만났을까, 생각하는데 문득 은하의 말이 떠올랐다. 이백사십일을 만났다는 남자 친구는 누구였을까. 엘리베이터가 열리고 여자와 함께 내렸다. 새로 지정한 비밀번호를 누르고 현관문을 열었다. 신발을 벗고 중문을 열고 거실로 들어갔다.

여기요. 그리고 여기도요.

들어가자마자 준수가 얼룩을 가리켰다.

아, 이거 말하는 거예요? 별거 아니잖아요. 이런 얼룩쯤은 어디든 있어요. 이사한 집에도 있고 친구들 집에도 다 있어요. 어릴 적 살던 집에도. 아주 얼룩덜룩해요. 아저씨 집에는 없었어요?

준수는 가만히 자신을 의식하며 서 있었다. 무슨 말을 해야 할지 몰랐다.

얼룩이 너무 신경 쓰이면 보상해 드릴게요.

아니요. 괜찮아요.

여자가 돌아서 나가다 뒤를 돌아보며 물었다.

근데 아까 하던 얘기 있잖아요. 여자 친구는 아저씨와 다시 시작하고 싶은 거 같아요. 뭔지 모르겠지만 아저씨도 그 한 가지가 좋았나요?

여자의 물음에 돌이켜 보았다. 뒤통수가 납작해지도록 기대앉아 은하와 이야기하던 시간을.

여자가 현관 앞 철문 안에 둔 택배를 찾아가고 준수는 거리로 나왔다. 초록불이 켜진 건널목에 그대로 서서 하늘을 바라봤다. 긴 항적운이 하늘을 가로질러 떠 있었다. 이상하게 슬픈 기분이었다. 준수는 솔직하게 말하고 싶었다.

나도 좋았다고. 하지만 두려웠다고. 은하와 함께 햇살 들어오는 집의 창문과 따뜻한 실내 그리고 튼튼한 집의 구조에 관한 이야기를 했다. 그런데 나를 믿을 수 없는 시간이 불현듯 찾아오면 당황한 은하가 울상이 된 채 말했다. 믿고 싶었다고. 내가 한 얘기에 꿈을 꿀 수 있었다고. 거짓말쟁이가 되지는 말아야 하는데. 은하를 힘들게 하는 인간은 그게 누구든 죽이고 싶었다. 부당한 대접을 하는 상사나 운전 중 위험하게 끼어들어 사고를 일으킬 뻔한 트럭 기사 그리고 언어폭력으로 마음에 상처를 준 인간들. 폭력적으로 변했다는 친구도. 무슨 일을 저지르는지도 모른 채 학대가 일상이 된 누군가에게 오래전 야구 배트

잡은 손에 느꼈을 감각을 되돌려주고 싶었다. 그런데 그러면 안 되니까. 폭력은 갚는 게 아니니까.

몸집이 큰 슈나우저 한 마리가 천천히 걸음을 옮겨 건널목 앞에 섰다, 나이가 꽤 들어 보인다. 나이 든 개는 고개를 똑바로 들지 않고 걷는다. 뼈가 구부정하게 굽어지는 대신 온몸을 옹송 그린 채, 살아 있게 하는 장기의 기능에 집중하느라 안으로 말려 들어간 자세다. 앞다리와 뒷다리의 내딛음에 엇박자가 난다. 준수는 가끔 나이 든 개의 역할을 했다. 얼굴에 분장하고 경험한 적 없는 개의 표정과 짖는 자세에 집중했다. 은하가 초등학교 때부터 기른 푸들이 22살이 되던 해 준수를 만났다고 했다. 은하는 매일 걱정했다. 잠이 든 녀석의 숨소리가 고르지 않거나 걷는 것마저 어려워 겨우 걸음을 옮기다가 쉽사리 미끄러질 때 그리고 평소에 환장하던 간식에 관심을 두지 않을 때도. 푸들을 떠나보낸 날도 준수의 공연을 보러왔다고 했다. 무대 위 개가 된 그를 은하는 응원했고 어떤 배역을 맡든 초대장을 보내면 연극을 보러와 주었다.

건널목을 건너는데 저만치에서 바쁘게 흔들리는 작은 손바닥이 보인다. 맞은편에 중학생쯤으로 보이는 여학생이 자신을 향해 손을 흔든다. 준수는 선명하게 보려고 눈을 찌그리며 바라봤지만, 아는 학생이 아니었다. 뒤를 돌아보니 서너 명의 남학생들이 여학생을 못 본 척하며 저들끼리 이야기하고 있었다. 야, 씹새끼들아. 여학생이 소리쳤다. 옆에 있던 아주머니가 당황한 듯 턱이 아래로 내려가 벌어진 입을 손으로 덮으며 고개를 돌렸다. 그제야 남학생들이 고개 들어 바라보고는 손을 들었고 그중한 명이 야, 너 거기 있어, 여학생에게 소리쳤다.

무슨 말일까. 준수는 생각했다. 야, 너 거기 있어. 가만두지 않겠다는 말 같기도 하고 우리가 갈 테니 건너오지 말고 기다리란 말로도 들린다. 누군가에게 그런 말을 건넨 적이 있던가. 준수는 뒤통수가 납작해지도록 기대앉아 은하와 나누던 대화를 기억하고 싶었다. 자신을 의식해야만 하는 까닭을 물었을 때 준수는 이런 말을 했다. 이따금 나를 믿지 못하는 시간이 온다고. 그시간엔 쭈그리고 앉아 얼룩을 지우고 있었다고. 엉망인 건축물이 공간을 침범하는 일은 막아야 하지 않겠느냐고 묻자 은하가눈길을 돌렸다.

창밖으로 보이는 풍경이 참 좋아.

바깥에서 보는 실내 풍경이 좋으면 어떨까, 자주 생각해.

밖에서 안이 보이면 곤란하지 않을까?

은하가 준수를 언뜻 바라보고는 웃었다.

나는 가끔 커다란 창문을 그려. 큰 창문으로 보면 내가 꿈꾸는풍경이 조금은 보이지 않을까, 그런 생각을 했던 것 같아.

이렇게 등을 돌리고 앉아봐.

준수가 일어나 은하의 의자 등받이를 돌려주었다. 자신도 창문을 등지고 앉았다.

미닫이창이 있고 붙박이창도 있어. 여닫을 수 있는 창도 있고 내려 닫을 수 있는 창도 있지. 형태나 크기는 여러 가지지만 창은 집에 빛을 주기 위해서 만드는 거야. 보여? 햇살이 집에 들어와 있어.

그러네. 따뜻해.

은하의 발가락에 햇살이 앉아 있었다.

가로등 아래 목줄이 헐거워진 도베르만이 앉아 있다. 전의를 상실한 듯 사냥꾼은 먼 곳을 응시하고 있다. 까만 신호등에는 보행신호가 구분되어 있지 않았다. 무대 위에 오르기 전 누군가는 아무짝에도 쓸모없는 것들이 되고자 했다. 아무런 역할이 없는 역할. 그러나 가만히 놓여 있거나 박혀 있거나 삐딱하게 세워지고 헐겁게 풀려 있는 것들 모두 역할이 없는 것은 없었다. 오늘 준수는 산 아래 집이 되었다. 누군가는 산이 깎인 곳에 언덕이 되고 그 곁에 화단이 되고 다른 누군가는 흙의 무게를 견디고 있는 옹벽이 되었고 그 축대 벽이 무너지지 않도록 보강재가 된 이도 있었다. 준수는 무대 구조물 뒤에 서 있었다. 눈부신 조명이 햇볕인 양 준수를 비추고 있어서 객석이 창문인 듯 여겨졌다.

집은 튼튼하게 지어야 해. 철골이나 콘크리트 골조로 기둥과 보를 만드는 거야. 구조적으로 기둥이 지지대거든. 그런데 중요한 게 있어. 기둥을 세우기 전에 기단을 먼저 쌓아야 해. 집 지을 터를 잘 정돈한 후에. 내 생각에 이러한 일은 누군가와 함께 하고 싶은 그 마음을 상상하게 되는 작업 같아. 외벽도 신경 써야겠지. 추위나 바람을 막는 보호벽이니까. 그리고 창을 배치할 땐 공간과 조화를 이뤄야 하는데 그거 알아? 방문과 현관문의 방향도 창문의 위치를 보고 정하는 거. 편안한 집이 되어야 하니까.

언젠가 준수는 은하에게 이런 이야기를 했다. 그 오후 시간을 떠올리며 조용히 앞을 응시하고 있었다. 축대와 그 옹벽 안에 갇혀 있는 흙과 화단의 나무는 물론 구조물에도 햇살이 너울거렸다. 객석엔 단 한 명의 관객이 있었다.

집을 지을 때 커다란 창문을 만들고 싶어. 네 말대로 아주 큰 창문. 그러기 위해서는 지붕을 받쳐야 하는 구조체를 단단하게 지어야겠지. 그 창문으로 상상했던 풍경을 볼 수 있었으면 좋겠다. 멀리 꿈까지. 나도 그랬으면 좋겠는데. 준수와 단 한 명의 관객은 뒤통수가 납작해지도록 기대앉아 있었다.

"

그리고 만약…… 어떤 한 사람을 '선택해야' 한다면,
나는 주저하지 않을 것이다.
즉시 나는 미츠키에비치(Mickiewicz)를 포기하고,
절망하면서 스워바츠키(Słowacki)를,
그리고 섭섭한 마음으로 많은 크라신스키(Krasinski)들을 포기하고,
쇼팽 한 사람을 선택할 것이다.

– 율리안 투빔(1894~1953)

"

거미의 가을

유종인

추억은 양버즘나무잎처럼 날리고
몸에서 실처럼 뽑아져 나가는 여름의 실랑이들

가장 무력(無力)한 창조를 이루려는 자,
모든 그늘진 외곽의 발돋움,
노인에게서
한순간 튀어나오는 아이들의 수다들

부서지는 용기와 찬란한 슬픔의 응고

버려진 납덩어리에서
산산이 날아오르는 나비들

가질 것은 놔두고
버려진 것들만 맘에 쥐어요

그 무성한 포식의 계획들
그러나 단순해지는 몸짓들

초저녁 호떡을 물고 가는 들개를 따라가다
서로 전생에 눈이 떠지는 바람결

가질 것은 도로 풀어요
버려진 것들이 차차 온전해요

나는 걷는다

이소연

세화 해변을 걷던 바람이 파도에 주름을 만들다가
윗세오름을 넘어온다
바람에 찍히고 꺾인 것
바람 문양을 가졌구나
내 발등에서 엎어지는 쇼팽의 음표들
반짝이는 것들은 깨져있다

우린 솔직했고
우린 상처받았지만
솔직함은 믿음 없이 불가능해
미래는 굳게 믿는 자에게
등을 보이지 않는대

그러나 나는 아직 작아지지 않았다
모래알처럼 그림자가 작아져야 한다
궁금하다, 작아져야만 걸어볼 수 있는 세계

글썽이는 마음이
지금은 사라진 마음에
술잔을 기울인다

제주의 바위들은 죽어 눈동자를 갖고
흙이 된 사람들이 오르는 비자나무

내 무릎 속에서 새가 운다
삐걱삐걱 날개를 젓는다
동행하는 사람은
자꾸 뒤를 보라고 한다

왼쪽 귀로 듣는 음악이
폭설로 펑펑 쏟아질 것만 같아
쏟아지는 고립
고립을 뚫고 듣는 내 엷은 숨소리

돌연 세상 그 모든 것이 투명해진다

음표는 안타깝게 혹은 뭉클

최라라

엄마가 빨래를 널고 있다
느리게 느리게 턱,턱,탁,탁,
11월의 햇살이 하얀 옷깃의 그늘이 된다
그늘이 엄마의 허리로 드리우자
앞으로 앞으로 굽어지는 그림자

긴 빨랫줄이 휜다
야윈 엄마 옆으로
비틀거리는 아버지
문을 꽝 닫는 오빠
꺼이꺼이 가슴 치며 우는 오빠
꼬리에 꼬리를 물고 흔들리는 추억이라니
비나이다 비나이다 꿈꾸지 않기를

햇살이 엄마를 걷으려고 펄럭인다
50년 동안 말라가는 엄마
아직 한 구석도 마르지 못한 엄마
아버지 소매의 물기를 터는 엄마
부디 엄마의 추억으로 말라가기를

염려는 흔들려도 괜찮아
언제나 제자리로 돌아오니까
평생을 흔들려도 꿈쩍 않는 엄마
엄마처럼 빨랫줄 끝에서 빌어볼까요
천천히 혹은 길게
빠르게 혹은 짧게
돌아오지 마세요 엄마

첫눈

문성해

창밖엔 바람이 불고
지구 밖 어딘가에선 첫눈이 왔다는데

당신의 처소에도 첫눈이 들렀는지
들판을 내달리는 말갈기의 푸른 기척이

라디오에선 쇼팽의 첫 발라드가 흐르고
주전자에선 화답하듯 화사한 김이 오르는데

오늘의 생각은
모든 예술의 배후엔 첫눈이 있었다는 것

아침을 굶은 쇼팽의 창밖에도
천둥이 있었고
소나기가 있었고
악상처럼 흩날리던 첫 눈발이 있었다는 것

그림을 핑계 삼아 밀입국한 당신의 화폭에도
눈방울이 기침처럼 펄럭이기를

사계절이 분명한 이 나라에서
나는 해마다 겨울이면 첫눈을 맞고

그렇게 발라드는 시작되었을 거야
매번의 사랑이 처음인 것처럼

해마다 처음인 양 재생되는 희고 시린 눈발들이
바람의 터치로 분분한 음표가 되었을 것

쇼팽 발라드 1번
〈F. Chopin: Ballade No.1 in G minor, Op.23〉

이 곡은 쇼팽이 25세 되던 1835년에 완성하여 슈톡하우젠 남작에게 헌정되었다. 출판은 이듬해에 이루어졌다. 네 개의 발라드 중 대중적으로 가장 인기가 있어 자주 연주된다. 쇼팽이 21세이던 1831년에 파리로 이주한 후부터 4년여에 걸쳐 작곡했다. 이 시기에 작곡한 또 다른 유명 작품으로는 녹턴 〈Op.9 No.1~3〉, 〈Op.15 No.1~3〉이 있다.

쇼팽은 파리에 정착한 후 폴란드 이민자들을 통해서 서서히 파리를 알아가게 된다. 로시니, 오베르, 마이어베어 같은 작곡가들의 오페라를 열심히 보았고, 멘델스존과 리스트, 슈만을 만나던 시기였다. 발라드 1번을 작곡하던 4년 동안 쇼팽이 파리에만 있었던 것은 아니다. 1833년 여름에는 브뤼셀에도 다녀왔고 1834년에는 뒤셀도르프에 있는 멘델스존의 집에서 연주도 하고 토론도 했다. 멘델스존과는 쾰른까지 가서 성당들을 구경하기도 했다. 이 곡이 완성되던 1835년에는 드레스덴으로 가서 폴란드인 보진스키 남작의 집을 방문했다. 보진스키의 아들들은 바르샤바에 있을 때 쇼팽의 부모가 운영하던 기숙사에 지냈기 때문에 쇼팽과도 친분이 있었다. 보진스키 남작의 집에 머무는 동안 쇼팽은 남작의 딸 마리아 보진스키와 사랑에 빠졌다. 두 사람은 약혼까지 했지만 쇼팽의 폐결핵 때문에 이듬해 파혼하고 만다.

쇼팽은 왜 발라드를 작곡하려고 했을까? 쇼팽은 친구 티투스 보이치에호프스키와 함께 1830년 11월 2일 폴란드를 떠나 브로츠와프와 드레스덴을 거쳐 11월 22일 빈에 도착했다. 그런데 11월 30일, 러시아 군대에 대항하여 폴란드인이 봉기를 일으켰다는 소식을 듣게 되었다. 보이치에호프스키는 폴란드로 돌아가려 했고 쇼팽도 같이 가려고 했지만 보이치에호프스키가 이를 말렸다. 쇼팽은 숙고하다 결국 폴란드로 돌아가기로 결심했지만 친구가 탄 마차는 이미 떠난 뒤였다. 쇼팽은 아버지에게 편지를 써서 전쟁터에서 북이라도 치겠다고 했으나 그의 아버지는 음악으로 애국하라고 권했다. 이런 연유로 쇼팽은 그의 작품 중에서 가장 극적이고 시적인 표현이 잘 나타나는 발라드를 쓰게 되었다.

음악으로 애국하겠다던 쇼팽의 결기가 음악적 발로로 드러난 발라드 중 1번은 미츠키에비치(Mickiewicz, Adam Bernard 1798~1855)의 시 〈콘라트 발렌로트Konrad Wallenrod〉에서 영감을 받았다. 그 시는 투쟁 끝에 적에게 죽임을 당하고 마는 리투아니아의 영웅 발렌로트의 장엄함을 묘사하고 있다. 쇼팽의 발라드가 미츠키에비치의 시에서 영감을 받았다는 사실은 "쇼팽으로부터 직접 들었다"라는 슈만의 설명 때문에 널리 알려지게 되었다.

쇼팽은 이 곡이 완성되던 1835년에 라이프치히를 여행한 적이 있다. 그때 동갑내기 작곡가 슈만 앞에서 쇼팽이 발라드 1번을 연주했을 때의 일화다. 연주를 끝까지 들은 슈만은 "당신의 작품 중에서 이 곡이 제일 마음에 듭니다"라고 말했다. 잠시 생각에 잠긴 쇼팽은 "아주 기쁜 일이군요. 사실 저도 이 곡이 제일 좋습니다"라고 답했다.

앞서 발라드의 설명 부분에서 줄거리가 있는 가곡도 발라드라고 했는데, 슈베르트가 가곡으로 만들기도 한 괴테의 시 「마왕」과 쇼팽의 발라드를 비교해 보면 다음과 같은 구조상의 공통점이 있다. 첫째, 내레이터가 이야기를 시작하는 부분이 있다는 점이다. 「마왕」에서는 어떤 아버지가 아이를 팔에 안고 밤늦게 말을 달리는 장면을 설명한다. 쇼팽의 발라드 1, 4번에는 서주 부분이 있다. 마치 "자! 이야기를 들어보시겠어요?"라고 내레이터가 묻는 듯하다. 그다음 「마왕」에서는 아버지와 아이와 마왕의 대화 장면이 나온다. 복수의 등장인물이 관계된 사건이 펼쳐지는데 쇼팽의 발라드에서는 두 개의 주제(주된 선율)가 나온다. 마지막으로 「마왕」에서 사건 결말이 나오는데 발라드에서는 코다(종결 부분)가 나온다. 즉 쇼팽의 발라드도 이야기풍인 것이다.

발라드 1번 사단조 작품 번호 23의 구조를 살펴보자. 자유로운 소나타 형식으로 되어 있다고 할 수 있다. 소나타(빠르고 느린 몇 개의 악장으로 된 기악곡) 형식이라는 것은 고전파 시대의 산물이다. 그러나 쇼팽은 고전파 시대의 엄격한 화성(화음을 연결해 가는 것)에서 벗어나 풍부한 감정과 상상력으로 낭만주의의 성격을 잘 표현하고 있다. 소나타 형식은 제시부, 발전부, 재현부의 구조로 된 형식을 말한다. 쇼팽은 이것에다가 매우 극적인 코다(종결 부분)를 더하고 있다. 제시부는 악보의 1마디부터 93마디까지, 발전부는 94마디부터 164마디까지, 재현부는 165마디부터 207마디까지, 코다는 208마디부터 곡의 끝까지이다.

내레이터가 이야기를 시작하는 듯한 라르고(느리고 폭넓게)의 서주는 4분의 4박자로 7마디 펼쳐진다. 옥타브로 된 선율 5마디와 화음 2마디이다. 화음 없이 옥타브 음으로 펼쳐지기 때문에 단순하면서도 매우 강하고 단호하게 들린다. 사단조의 곡이지만 서주의 시작 부분은 샤G음이 아닌 다C음으로 시작하는데, 당시로는 낯선 나폴리 6화음을 쓴 것이다.

탄식과도 같은 첫 번째 주선율은 슬프지만 눈부시게 아름답다. 4분의 6박자로 되어 있다. 이어서 두 번째 주제가 맑고 여리게 펼쳐지다가 첫 번째 주제로 잠시 돌아간다. 그리고 점점 감정이 강해져 폭발하듯이 두 번째 주제가 강렬하고 화려하게 펼쳐진다. 마지막 부분은 비극적 절규와 분노로 가득 차 있다. 30여 마디에 걸쳐서 감정이 가장 강조되고 극적으로 처리된 후 끝을 맺는데 매우 거칠고 인상적이다. 마치 어떤 사건의 종결을 보는 것 같다.

이러한 발라드 1번은 폴란드의 피아니스트 브와디스와프 슈필만의 실화를 다룬 로만 폴란스키 감독의 영화 〈피아니스트〉(2002)의 절정 부분에 삽입되어 대중의 관심을 끌기도 했다.

(추천 연주 영상 검색어: Seong-Jin Cho Chopin Ballade No. 1 Yellow Lounge)

Ballade_ 2

QR코드를 스캔하시면 쇼팽 발라드를 들을 수 있습니다.

"

쇼팽은 2개의 아름다운 마주르카를 작곡했답니다.
이 곡들은 40편의 소설보다 가치가 있고,
이 시대의 모든 문학작품들보다 더 많은 것을 표현하고 있습니다.

– 조르주 상드가 외젠 들라크루아에게 보낸 편지, 1842년 5월 28일

"

블라블라블라

김 강

아이가 그것의 어딘가를 만졌어. 그것은 눈을 떴지. 귀가 열린 순간이기도 해. 아이의 말이 들렸으니까.

—안녕.

아이가 만져서 눈을 뜬 것인지, 말을 걸어서 눈을 뜬 것인지 알 수 없었어. 그것은 자신에 대해서도 알지 못했지. 그것이 처음 본 것이 아이였다는 것, 유일하고 분명한 사실이었어.

밖에 나가 야구해요. 아이가 졸라댔을 거야. 아빠는 '일요일은 쉬는 날'이라 굳게 믿고 있었어. 아이의 형은 스마트폰 게임을 하기 위해 친구들의 연락을 기다리던 중이었고. 하지만 씨익 웃으며 바라보는 아내, 그리고 엄마의 은근한 압력, 진공청소기의 소음을 그들은 거스를 수 없었지. 아이와 형, 아빠는 아파트 뒤 작은 운동장으로 나갔어. 4월? 5월? 5월이었을 거야. 운동장을 둘러싼 철쭉 가지마다 주황 꽃이 피었고 철쭉 뒤 장미 꽃봉오리가 살랑거리는 바람을 따라 동동거렸거든.

5월의 어느 일요일, 그들은 아파트 작은 운동장에서 야구를 했어. 아이는 수비하는 것을 좋아했지. 아빠가 던지고 형이 공을 치거나 형이 공을 던지고 아빠가 치면 아이는 공을 따라다녔어. 높이 뜬 공을 쫓아가다 넘어지기도 했지만 그렇게 무릎이 까여도 공을 잡은 뒤에야 아프다 눈물을 글썽이는 그런 아이였어.

아빠가 던진 공을 형이 쳤어. 공은 아이의 가랑이 사이로 빠져나갔지. 공을 쫓아 달려간 아이의 앞에 그것이 서 있었어. 그것에 공이 부딪혀 멈춰 있었던 거지. 공을 주워 든 아이는 그것을 올려보았어. 그리고 말했지.

－안녕

－⋯⋯

－고마워.

－⋯⋯

아이는 안경을 끼고 있었어. 넓은 귓바퀴와 귓불로 둘러싸인 귓구멍이 앞을 향해 있었지. 세상의 모든 소리를 들을 수 있는 듯 보였어. 불룩하게 솟아 있는 뒤통수 속은 질문으로 가득 채워져 있는 것 같았지. 녹색과 검정이 섞인 반팔 셔츠에 무릎 아래로 내려오는 짧은 바지를 입었고 뒤 호주머니 근처와 무릎에는 몇 번 넘어진 탓에 흙이 묻어 있었어. 대답을 듣겠다는 듯 동그래진 눈으로 올려보는 아이를 보며 그것은 무어라 말을 하려 했지만 아무것도 하지 못했어. 소리를 낼 수 없었던 거야. 어디쯤 입이 있는지 알 수 없었으니까. 그것이 할 수 있는 것은 아이의 말을 듣는 것과 아이를 보는 것뿐이었어. 심지어 무엇으로 아이를 보고 있는지 아이의 말을 듣는지조차 알지 못했어.

(왜? 무슨 일이야?)

아이의 아빠가 뒤따라 와 물었어. 그것은 그 말을 듣지 못했어. 아빠의 얼굴과 입술이 움직이는 것은 보이는데 그가 하는 말은 들리지 않는 거야.

ㅡ아니요. 형아가 친 공을 두 번이나 막아주었어요. 고맙다고 인사하는 중이었어요.

(그래? 뭐라고 하든?)

ㅡ아무 말 안 했어요. 그래서 잠깐 쳐다보고 있었어요.

(어떻게 말을 하냐? 유딩아.)

뒤늦게 온 아이의 형이 아이의 엉덩이를 툭 치며 말했어. 아니 말하는 듯 보였지. 그것에게는 그 말도 들리지 않았거든.

ㅡ나도 내년에는 초딩이거든.

(어쨌든 지금은 유딩이지)

ㅡ아빠 형아가 나보고 유딩이라고 놀려요.

(그래? 아빠 생각에는 놀리기보다는 사실을 말한 것 같은데.)

ㅡ치, 형아랑 안 놀 거야.

(그럴까. 이제 엄마가 집 청소도 다 하셨을 것 같은데, 집에 가자. 아빠 목마르다. 물도 마시고 싶고.)

−아빠, 음료수.

(엄마한테는 비밀이다. 가자)

−그런데, 아빠 이 나무 이름이 뭐예요?

(이 나무는 벚나무. 지난번 벚꽃 축제에서 본 적 있지 않니?)

−아, 생각나요. 벚나무. 하얀색? 분홍색? 작은 꽃들. 이 나무도 벚나무였구나.

아이가 돌아간 뒤, 그것은 생각이란 것을 했어. 자신이 벚나무라는 것, 아이가 내년에는 초딩이라는 것이 된다는 것, 아이의 말은 들리지만 다른 사람의 이야기는 듣지 못한다는 것, 그리고 아이의 뒷모습까지 볼 수 있다는 것을 알게 되었어. 자신의 눈이 어디에 있는지 모르는데도 말이지. 자신을 둘러싼 형상들, 이상하게 생긴 기둥, 기둥에서 뻗어 나온 작고 길쭉한 가지들과 파란 잎들을 보며 그것이 무엇인지 궁금해하다 이윽고 자신 또한 그렇게 생겼다는 걸 깨달았어. 그 와중에 지나가는 바람은 가지들과 파란 잎들을 간지럽혔어.

아이에게 말을 할 수 없듯 주위의 그것들에게도 말을 걸 수 없었어. 자신의 어딘가, 소리를 낼 수 있는 곳을 찾지 못했고 어디에 힘을 줘야 하는지 몰랐어. 아니, 그것들이 아직 눈을 뜨지 못했고 귀를 열지 못했기 때문일 수도 있어.

아이가 다시 말을 걸어올 때까지 그것은 자신과 주위를 살폈어. 기둥 같은 몸통과 그 위로 점점 가늘어지는, 마지막 갈라짐까지 헤아린다면 총 백팔십네 개가 되는 가지들과 다 세어보면 무려 일 만 구천여 개가 되는 파란 잎들을 알게 되었지. 검고 조그만 그리고 약간 둥글게 길쭉한 것들이 일 만여 개 정도 달려 있다는 것도 알았어. 처음에는 이것들이 자신의 눈이지 않을까 생각해 보았지만 약한 바람에도 쉽게 떨어지는 것을 보아 눈은 아닌 것 같았어. 스스로를 볼 수 있었으니 그것의 눈은 아이처럼 어느 한쪽으로만 향하는 것은 아니라 생각했지. 결론을 내리지 못했어. 결국 가지와 잎들 사이 어딘가 혹은 그것들 전부에 눈이 있다는 것으로 적당한 타협을 했지. 그것은 하나씩 적당한 타협을 만들어 갔어. 적당한. 그래, 적당한 타협을 즐기는 것 같았어. 물론 자신에게 일어난 기적에 대해 감사했어. 그것은 아이에 대한 감사이기도 했고.

문득 그것의 시선을 붙잡는 것이 있었는데 맞은편 철쭉 뒤 맺혀 있는 장미의 꽃봉오리였어. 자신의 온 눈들이 장미의 꽃봉오리를 살피는 거야. 꽃봉오리가 특이하게 생겨서가 아니었어. 어디선가 본 듯한. 저것들을 오늘 처음 본 것이 아닌데, 언제였지?

수요일 오후, 아이가 찾아왔어. 그날 오전 근무만 한 아빠가 유치원을 마치고 돌아오는 아이를 마중 나갔고 아이를 만나 아이가 좋아하는 아이스크림을 사서 돌아오는 길이었어. 아이와 아빠가 그것의 옆 등나무 벤치에 앉게 된 거야.

−아빠, 벚나무가 영어로 뭔지 아세요?

(영어로? 모르겠는데.)

아빠는 두 어깨를 으쓱하며 말했어.

−그것도 몰라요? 체리 블로섬이래요. 뭔가 있어 보여요. 체리 블로섬. 예쁘죠?

(그래? 정말 예쁘네. 어떻게 알았어?)

−유치원에서요. 선생님한테 여쭤봤어요. 벚나무보다 더 멋진 이름 같아요.

(왜 그게 더 멋진 것 같아? 아빠는 벚나무도 좋은데.)

−음. 그냥요. 이 나무가 말을 할 수 있다면 외국인처럼 '블라 블라 블라' 이렇게 말할 것 같아요. 그렇지 않아요? 잘 보면 머리도 비슷해요. 파마머리.

(그것 참 재밌네. 블라 블라 블라. 입에 잘 붙는구나.)

−그리고 또 있어요. 열매를 달고 있으니 아줌마겠지요. 그렇지만, 아줌마라 부르기는 좀 그러니까, 블라블라블라. 저는 오늘부터 이렇게 부를 거예요. 안녕, 블라블라블라.

블라블라블라. 이름이 생겼어. 아이의 이야기를 들을 수 있다는 뿌듯함에 자신만의 이름이 생겼다는 우쭐함까지 더해졌지. '블라 블라 블라' 하고 소리를 내어보려 했지만 소리는 나지 않았어. 아이의 인사에 대답도 하고 싶고 고맙다 말해주려 했지만 하지 못했지. 블라블라블라는 무엇이든 해보려 했지. 입이 어디에 있는지 알지 못했지만 뭐라도 해야 했어. 온몸에 힘을 주었지. 잎 몇 개가 아이의 머리 위로 떨어졌어.

　불어오는 바람에 흔들리지 않겠다고 버티는 다른 나무들과는 달리 그는 가지들이 흔들리게 그냥 두었어. 그래, 오히려 기댔지. 바람이 불 때면 바람을 타고 더 흔들리려 했어. 언젠가 바람이 불지 않아도 스스로를 움직이는 법을 배워야겠어. 아이가 놀러 오면 아이 머리 위에서 가지를 흔들어야지. '고맙다'고, '네 말을 듣고 있다고'. 그렇게 결심했어.

　아이는 거의 매일 놀러 왔어. 아이는 자신이 이름 붙인 나무를 찾는 것을 좋아했고 그는 자신에게 이름을 준 아이를 반겼어. 아이가 와서 노는 동안 어디에 있는지도 모르는 귀에 힘을 주며 아이가 말을 걸어주길 기다렸지. 아이가 '안녕'이라 말을 건네면 반가움과 기쁨으로 몸을 떨었어. 잎 하나가 떨어졌어. '안녕' 하고 대답하듯 말이야. 아니, '안녕' 하고 대답을 한 거지.

　–안녕, 블라블라블라

　잎사귀 하나가 떨어졌어.

　'안녕, 아이야.'

　잎 하나면 '안녕'이라는 뜻이야. 아이와 약속을 한 것은 아니지만 어떤 식이든 아이에게 말을 건네고 대답하고 싶은 그의 선택이었어.

　잎사귀 하나가 떨어지면 '안녕', 잎 두 개는 '고마워.'

　이 두 가지를 연습하는 데 일주일이 걸렸어. 그의 몸통 아래에는 수북이 잎이 쌓였지. 다행히 떨어지는 잎의 수보다 많은 잎이 새로 돋아났어.

　-안녕, 블라블라블라.
　잎 하나가 떨어졌어.
　-요즘 외계인이 자꾸 나를 찾아와.
　'외계인? 그게 뭐니?'
　-밤마다 자고 있을 때 찾아와서 내 바지에 물을 붓고 가는 거야.
　'바지에? 왜?'
　-엄마랑 아빠는 내가 오줌을 쌌다고 생각하시는 것 같아. 외계인이 와서 물을 붓고 갔다 말해도 웃기만 해서. 난 억울한데 말이야.
　'오줌? 외계인?'
　-블라블라블라, 부탁이 있어. 여기서 잘 보고 있다가 외계인이 우리 집에 들어오려고 하면 쫓아 보내면 안 될까?
　'아이야, 난 외계인이 어떻게 생겼는지 모르는데.'
　-여기서 우리 집이 보이잖아. 저기 보이는 104동, 9층이야. 9층에서 오른쪽. 보이지?
　'오늘 밤에 잘 살펴볼게. 무엇이 오는지 볼게. 어떻게 막아야 할지는 모르겠지만.'
　-넌 어떻게 말이 없냐. 맨날 듣기만 하고.
　'미안해.'

—이번 겨울이 지나면 초등학교에 입학할 텐데, 친구들까지 알게 되면 더 많이 놀릴 거잖아. 그 전에 외계인이 오는 것을 막아야 해.

'겨울? 겨울이라는 말은 처음 들어보는데, 그런데 뭔지 알 것 같아. 잎사귀 하나 없이 떨었던 것 같기도 하고. 이걸 내가 어떻게 알고 있지?'

—잘 보면, 하얗게 빛나는 동그란 것이 보일 거야. 이렇게 빙빙 돌다가 어느 순간 쑥 들어오는 것 같아. 가끔 아빠 차를 타고 가다 보면 뒤따라오고 있을 때도 있어.

'아빠한테 이야기해 봤어?'

—그럴 때마다 형아가 옆에서 외계인 같은 것은 없다면서 놀리거든.

'그래?'

—다음에 혹시 내가 깨어 있을 때 외계인이 오면 형한테 물을 붓고 가라고 할 거야. 내가 놀릴 수 있게.

'재밌겠다.'

—나 간다. 외계인 막는 것 잊지 마. 안녕.

잎 하나가 떨어졌지.

그날부터 그에게는 밤마다 해야 할 일이 생겼어. 매일 밤 아이가 가리킨 104동의 9층 오른쪽을 지켜보며 무엇이 들고 나는지 지켜보았어. 외계인이 온다면? 어떻게 막아야 할지는 몰랐어. 그저 아이를 위해 무엇인가 할 수 있다는 것만으로도 기뻤지.

아이의 방 불이 언제 꺼지는지, 아이가 언제 잠이 드는지 알게 되었어. 여전히 어디 있는지 알지 못하지만 귀는 더욱 예민해졌어. 어딘가 어색한, 쿵쾅거리는 아이의 피아노 소리도 들을 수 있게 되었어. 얕은 습기를 머금은 가벼운 바람이 가지를 스치는 맑고 선선한 아침이면 아래로 내려앉은 공기를 타고 아이의 목소리가 전해졌어. 아이의 웃음소리부터 떼를 쓰는 소리까지 들을 수 있었지.

엄마 조금만 더 있다가 자면 안 돼요? 묻고 나서야 잠이 든다는 것, 엄마 조금만 더 자면 안 돼요? 칭얼대다 야단을 맞고 나서야 잠자리에서 일어난다는 것까지. 아이가 곁에 오지 않는 날에도 아이와 함께 있을 수 있었지.

그는 행복했어.

ㅡ블라블라블라, 고마워.

'무슨 말이야?'

ㅡ지난번에 외계인을 쫓아달라고 부탁한 것 있잖아. 그날부터 외계인이 안 오는 것 같아. 물을 붓고 가는 날도 없고. 블라블라블라가 밖에서 지켜준 거지?

'외계인이 뭔지 모르겠지만 아무것도 오지 않은 것은 맞아.'

ㅡ이제 형아가 놀리지도 않고 아빠, 엄마도 걱정을 안 하시는 것 같아.

'다행이야. 나는 한 일이 없어. 네 방의 불이 꺼지는 것을 지켜봐 준 것밖에.'

햇살이 강해졌어. 아이는 여전히 그의 말을 들을 수 없었지만 그들의 대화는 어색하지 않았고 그는 몇 가지의 대답을 더 할 수 있게 되었지.

－햇빛이 너무 뜨겁지 않아? 얼굴 탄다고 엄마가 못 나가게 한단 말이야. 내가 앉는 쪽에 그늘이 지면 좋을 텐데, 벤치가 있는 쪽은 항상 덥고 뜨겁단 말이야.

연속으로 잎 세 개가 떨어졌어. 새로 익힌 말.

'미안해.'

－블라블라블라. 가지를, 잎을 이쪽으로 이렇게 더 펼쳐주면 안 돼?

'내가 할 수 있을까. 노력해 볼게. 어떻게 할지 생각을 좀 해봐야겠어.'

사십 도에 가까운 더위가 이어졌고 운동장에 나오는 사람은 없었어. 그는 아이를 위해 잎을 펼쳐 그늘을 넓혀갔어. 파랗고 넓은 잎사귀. 그는 가지를 만들어 낼 수 있다는 것도 알게 되었어. 아이가 앉았던 자리를 쳐다보며 어디에 있는지 알 수 없는 마음을 집중하다 보면 어느새 한 마디씩 한 마디씩 가지가 늘어나고 잎이 돋아났어. 그는 잎을 떨어뜨리는 것과 가지를 만들어 내는 것 이외에 자신이 무엇을 할 수 있는지 알고 싶어졌어. 뿌리를 움직여 볼까 생각도 해보았고 몸통을 좌우로 흔들어 바람 없이 가지를 흔드는 것도 시도해 보았지만 무리였어. 아직은 가지를 만드는 것까지. 아직은. 그는 '아직은'이라 생각했어. 하나씩, 하나씩 무언가 순서대로 이루어지겠지. 다음의 무언가가 무엇인지 알 수 있으면 더 좋을 텐데. 그러면, 그러면 정말 기다리기만 하면 되는데. 아닌가, 더 조급해지려나.

서늘해진 저녁 무렵 한두 명씩 사람들이 나타나기 시작했어. 예전 같으면 아파트에 불이 꺼지고 모두 잠들었을 깊은 밤, 운동장은 활기를 띠었지. 잠을 이루지 못한 아파트 주민들이 운동장으로 와 자리를 펼쳐 앉거나 벤치에 앉아 이야기를 나누곤 했어. 하지만 그에게 다른 사람의 이야기는 들리지 않았어. 아무도 오지 않던 예전의 밤이나 잠을 이루지 못한 사람들이 불을 밝히고 있는 더운 밤이나 그에게는 다르지 않았어. 사람들의 핸드폰, 랜턴의 불빛이 성가시기는 했지만 큰 불편이 되지는 않았어.

몇 밤이나 지났을까? 햇살이 강해지고 아이가 잎을 펼쳐달라 부탁한 그날 이후 언제부턴가 아이가 보이지 않았어. 아이가 앉았던 자리까지 가지를 뻗어내고 잎을 펼쳤지만 그늘 아래 앉아 있는 아이를 보지 못한 거야. 그리고 그 일이 처음 일어났어. 뜨거운 태양과 식지 않는 밤을 일곱 번 보냈을 때였어. 그늘을 만들기 위해 이제 막 새로운 마디를 또 하나 만들어 냈을 즈음이었지. 분명 하늘 높이 해가 떠 있는 오후였는데, 누군가 자신을 비추는 랜턴 불빛에 화들짝 놀라 눈을 뜬 거야. 주위는 벌써 어두워졌고 아래에는 여느 저녁처럼 몇몇 가족들이 맥주와 통닭, 수박을 가지고 나와 먹고 있었어. 아이들은 랜턴 불빛 주위를 뛰어놀고.

'이게 잠이라는 건가?'

낮과 밤이 모여 하루가 된다는 것, 그 밤에 아이가 하는 것이 잠이라는 것을 알고 있었지만 그에게는 낮과 밤, 잠 모두 큰 의미가 없는 단어들이었어. 아이가 올 수 있느냐 없느냐, 아이의 목소리를 가까이서 듣느냐 귀를 기울여 소리를 찾느냐, 에서만 의미가 있었지. 하긴 그 정도면 작은 의미는 아니지. 아무튼 지금까지는 없었던 일이었잖아?

아이가 그를 깨운 이래로 한 번도 잠이 든 적이 없었어. 그런데 그런 일이 연이어 두세 번 일어났어. 그때마다 그는 자기가 얼마 동안 잠들었었는지 며칠이 지났는지 알 수 없었지. 그동안 아이가 다녀간 것은 아닌지, 다녀갔는데 보지 못한 건지. 그는 주위를 살피며 어딘가에 힘을 줘보려 했어. 눈이 있다면 더 크게 뜨고 싶었고 귀가 있다면 더 넓게 열려고 했지. 높이 솟은 태양 아래 그렇게 힘을 주다 어느 순간 갑자기 어둠 속에 서 있는 그였어.

그는 아이의 목소리를 듣고 싶었어. 안녕, 블라블라블라. 안녕, 블라블라블라. 아이의 목소리를 이렇게 오랫동안 듣지 못한 적이 있었나? 아이와 이렇게 오랫동안 떨어져 있어 본 적이 있었나? 그의 몸통이 좌우로, 앞뒤로 흔들렸어. 크게. 잎들이 우수수 떨어졌지. 온 가지가 흔들렸고 나무 아래에 있던 사람들은 놀라서 나무를 쳐다보았지. 어떻게 된 일인지 알 수 없었지만 그날은 그가 자신의 몸을 움직일 수 있다는 것을 안 첫날이기도 해. 불쑥 찾아오는 잠에 익숙해지기 시작할 즈음이었어.

그는 더욱 열심히 가지를 펼치고 잎을 넓혔어. 언제 또다시 잠이 들지 몰랐으니까. 깨어 있는 동안 할 수 있는 모든 것을 해야 했어. 벤치 쪽으로 뻗어 나온 새 가지와 넓고 무성한 잎은 훌륭한 그늘을 만들었어.

거참, 나뭇가지 한번 요상하게 자랐네. 꼭 일부러 누가 저렇게 다듬어 놓은 것 같네. 바람에 머리가 날리는 여인의 모습 같지 않아?

보는 사람마다 말을 했지만 그는 들을 수도 없었고 관심도 없었어. 아이가 좋으면 그만이니까. 어쩌면 아이는 밤에 잠을 자고 자신은 낮에 잠을 자야 하는 것일 수도 있다 싶었어. 자신이 잠이 든 낮 동안 아이가 오더라도 아이가 그늘 아래 쉴 수 있다면 그것으로 좋다 생각했어. 하지만 아이가 건네는 목소리와 아이의 얼굴을 보고 싶었지. 아이의 목소리가 어땠는지, 아이가 어떻게 생겼는지 떠올리기 힘들어질 때마다 그는 혼자 속으로 중얼거렸어. 안녕, 블라블라블라. 안녕, 블라블라블라.

-안녕. 블라블라블라.
아이가 왔어. 그리고 잎 하나가 떨어졌어.
-정말 오랜만이지?
너를 보지 못하는 동안 너무 힘들었단다. 심지어 잠이라는 것

도 했어. 너는 어디에 있었던 거니? 매일 왔었는데 내가 잠을 자
느라 보지 못했던 거니?

　–제주도에 있는 할머니 집에 다녀왔어. 완전 좋았어. 수영도
하고 보말도 잡고.

　'제주도? 거기가 어딘데? 보말은 또 뭐야?'

　–보말이라 하면 알려나? 고동같이 생긴 건데. 아니다 작은 소
라라고 하면 되겠다. 정말 맛있거든. 어, 그런데 이거 네가 한
거야? 그늘이 넓어졌어. 신기한데.

　'이거 만드느라 힘들었단다.'

　–더운 한낮에도 나와 앉아 있을 수 있겠어.

　'부탁이야. 매일 나에게 말을 걸어줄 수는 없는 거니?'

　–혹시 말인데, 너. 내 말이 들리는 거야? 내가 무슨 말을 하
는지 듣고 있는 거야?

　'응, 들려. 아주 잘. 네 말만.'

　그는 '응'이라는 단어를 왜 만들어 내지 않았는지 후회했어.

　–설마, 나무가 내 말을 들었을 리는 없고, 아빠 말처럼 햇볕
쪽으로 가지가 자라난 건가?

　아이가 혼잣말을 했어.

　'아니야, 너를 위해 내가 준비한 거야.'

　그늘은 아이의 놀이터가 되었어. 한낮 오후부터 해가 질 무렵
까지 해가 어느 쪽에 가 있어도 그늘이 졌으니까. 곧 그 운동장

의 쉼터가 되었지. 다른 아이들이 먼저 와 자리를 차지하는 날도 생겼지. 그런 날, 아이가 왔다 그냥 돌아가 버리면 그는 다른 아이들이 미웠고 은근히 가지를 옆으로 비켜놓기도 했어.

'아이를 위해서 만든 그늘인데.'

아이가 돌아온 뒤로 그는 다시 잠이 든 적이 없었어. 갑자기 정신을 잃는, 아이가 다녀갔는지 알 수 없이 깨어나는 일은 생기지 않았지. 다행이라고 생각했지만, 한편으로는 더 불안해졌어. 그런 일이 생긴 이유를 알 수 없었으니까 잠이 들지 않아서 아이를 볼 수 있는 건지, 아이가 와서 잠이 들지 않는 것인지, 언제 다시 그런 일이 생길는지. 그는 예민해졌어. 예전의 그가 아니었어. 작은 바람에도, 조그마한 온도차에도, 기울어진 햇살의 각도에도 아이가 조금이라도 늦게 오는 날이면 그는 바짝 몸을 세우고 가지를 흔들었어.

아이도 예전과 달라졌지. 그를 찾아오지 않는 날이 조금씩 늘어갔어. 하루씩 건너뛰다 어떤 때는 이틀씩. 운동장에 나오더라도 그늘에 머물지 않는 날도 있었어. 동네 아이들과 공을 차고 놀다 무심히 집으로 돌아가는 날, 말없이 그를 지나쳐 뛰어가는 날이 늘어갔지. 그는 말라갔어. 가지는 거칠어졌고 잎은 노랗게 샛노랗게.

─아빠, 블라블라블라 잎이 다른 나무에 비해서 좀 빨리 시드는 것 같지 않아요? 다른 나무는 아직 초록이 남아 있는데, 블라블라블라의 잎은 벌써 갈색이에요.

(그렇네. 이제 곧 가을이니까. 블라블라블라는 계절을 조금 빨리 느끼나 보다.)

'너 때문이란다. 네가 오지 않을까? 내일은 올까? 말을 걸지 않을까? 또다시 잠이 들까? 하루하루가 불안하단다. 뿌리에서 물을 끌어 올려도 가지 끝까지, 잎사귀 끝까지 올라가지를 않아. 가슴이 뜨겁고 목이 타서 가지 끝까지 가기 전에 다 마셔버리고 말아. 모두 말라버리고 말아.'

–그래도 별일 없는 거지요? 큰 나무니까 빨리 잎이 시든다고 해서 나무가 죽지는 않는 거지요?

(나무는 사람보다 훨씬 강해. 잎은 저렇게 갈색으로 말라가도 속은 여전히 건강하단다. 그래야 내년 봄에 또 꽃을 피우지 않겠니?)

–맞아요. 꽃. 지난봄에는 블라블라블라를 잘 알지 못해서 꽃이 어떻게 피었는지 기억이 안 나요. 내년 봄에는 꼭 볼 거예요. 사진도 찍고. 그리고 블라블라블라가 뿌려주는 꽃비도 맞고 싶어요. 떨어지는 꽃잎을 손으로 잡아보기도 하고.

(그러자.)

'내년 봄. 내년에도 나는 여기 서 있을 거야. 꽃도 피우겠지. 너만, 너만 변하지 않으면. 너의 목소리를 계속 들을 수 있다면, 네가 지금까지 본 어느 꽃보다 아름다운 꽃을 보여줄 거야. 약속할 게. 너는, 너는 약속할 수 있겠니?'

아이가 온 날, 아이가 말을 걸어온 날, 그는 어떻게든 힘을 냈지. 아이에게 뿌려줄 꽃비를 상상하며 가지 끝까지 물을 올려보내려 애를 썼어. 그런 날은 힘이 들어도 행복했어. 들리지 않을 소리로 흥얼거리기도 했지.

아이가 보이지 않는 날은 그저 가지를 늘어뜨릴 뿐이었어. 비가 내려 촉촉한 날에도 물을 길어 올리지 않았어. 그저 젖은 채서 있었어. 잎사귀들이 마르고 떨어져도 눈길 하나 주지 않았어. 바람에 이리저리 흔들리는, 앙상해져 가는 가지를 붙잡지 않았어. 멍하니 그저 멍하니 있었어.

─이제 조금만 있으면 여덟 살이 된다. 초등학교에 들어가는 거지. 형아처럼 말이야. 형아는 이 학년이 될 거고. 아침에 형아 손을 잡고 학교로 갈 거야. 선생님도 만나고 친구들도 많이 생기겠지. 벌써 생각만 해도 기분이 좋아.

'......'

─그리고 아빠가 자전거도 사주신다고 했다. 여덟 살이 되면. 공원에 가서 씽씽 달릴 거다. 잘 타는 형아들처럼 두 손을 놓고 타기도 하고, 내리막에서 쒸잉 하고 내려오는 거야. 정말 시원할 것 같지 않아?

'그렇겠네. 여기 운동장에 오는 것은 더 힘들어지겠네. 내게 말을 거는 것도.'

─혹시 일 학년이 되어서 친구들이랑 여기서 공을 차고 놀게 되면 블라블라블라가 공이 밖으로 나가는 것도 막아주고 그래야

해. 내 편이 되어서 말이야. 항상 그랬듯이.

그는 아직 '응'을 만들지 못했다는 사실이 떠올랐어. 그러나 그게 중요하지 않았어. 아이가 여덟 살이 되어가고 있었으니까. 공원에서 자전거를 탈 것이고. 그를 찾아오는 날은 더욱 줄어들겠지. 다시 긴 잠에 빠져들지 되지 않을까. 그는 두려웠어.

햇빛을 막기 위해 만들었던 그늘은 이제 가장 추운 자리가 되었어. 아이가 오지 않는 날이 더 늘어갔지. 나왔다 하더라도 그늘의 반대편, 햇살이 비치는 곳에 잠시 머무르기만 했어. 그는 더욱 말라갔어. 아이의 방에 켜지고 꺼지는 불빛을 보며 어둡고 추운 밤을 견뎌낼 뿐이었어. 자꾸만 눈이 감겼지만 가끔씩 불어오는 차가운 바람이 몸을 흔들었지. 그는 눈을 떴고 바람에게 고맙단 말을 해야 했어. 그럴 때마다 잎이 세 개씩 떨어졌지. 어느 틈엔가 잎은 거의 다 떨어져 버렸어. 몇 개 남지 않았지.

─아빠, 블라블라블라 가지에 돋아난 저건 뭐예요?

(아, 저거. 꽃눈이지 싶은데.)

─꽃눈이 뭐예요?

(봄이 되면 저 꽃눈에서 꽃이 핀단다. 겨우내 꽃을 준비하는 거지)

그는 그제야 가지 끝에 돋아난 조그만 것들을 보았어.

'저것들이 꽃이 된단 말이지.'

그러고는 아이와의 약속을 떠올렸어.

'꽃비. 그래 이렇게만 있을 수는 없어. 무엇이든 해야지. 아이와 약속을 했잖아.'

아이가 오지 않을까, 다시 말을 안 걸지는 않을까. 그는 걱정하지 않기로 했어. 일어나지 않은 일로 불안해하지 않기로 마음먹은 거지. 내년 봄, 아이가 실망하지 않도록 꽃을 준비하는 데 온 힘을 다하기로 했어. 아래로부터, 깊은 아래로부터 물을 끌어 올렸어. 가지 끝, 마디마다 움튼 꽃눈들이 마르지 않도록, 힘들지 않도록 살폈지. 찬 바람에 상할까. 큰 가지로 조금 가는 가지를, 조금 가는 가지로 아주 가는 가지를 보호하며 다음 봄을 준비했어.

'나에게 다음 봄이 있었던가. 지난봄의 기억이 없으니 나에게도 첫 봄이 아닌가. 멋있게, 최선을 다해서 첫 봄을 준비해야겠다.'

스스로를 다독였어.

가끔씩 찾아온 아이가 몸통에 손을 대어줄 때마다 그 손을 느끼고 기억하는 데 집중했어. 어디를 만졌는지, 얼마나 따듯했는지, 몇 번을 쓰다듬었는지.

그해, 마지막 날이었어. 아이가 찾아왔지. 그의 몸에 손을 대며 말했어.

—장갑을 끼지 않는데도 차갑지가 않네. 겨울인데도 블라블라블라의 몸통은 참 따듯한 것 같아. 새해 인사를 미리 하려고 왔어. 내일 아침에 일어나 제일 먼저 너한테 인사를 하고 싶은데 오늘은 늦게 잠이 들 것 같거든, 너무 늦게 일어나면 인사를

못하고 아빠랑 같이 할아버지 댁에 갈지도 모르거든. 할아버지가 새해 첫날이라고, 빨리 보고 싶다고 하셨어.

잎 하나.

—그래서 하루 일찍 인사하는 거야.

잎 두 개.

—지금 할게. 음. 올해 정말 고마웠어. 내 말을 듣지 못하겠지만. 형아랑 공놀이할 때 막아줘서 고마워. 만들어 준 그늘도 근사했어. 정말 고마워. 내일이면 나는 여덟 살이고 곧 초등학생이 될 거야. 자주 못 올지도 모르지만, 그래도 자주 오려고 노력할게. 우리 집에서 보이니까 굳이 나오지 않더라도 거기서 볼 수 있겠지. 새해에는 블라블라블라도 건강하기를 바랄게. 올해처럼 일찍 시들지 말고. 그리고 다가오는 봄에는 꽃을 아주 멋있게, 예쁘게 피우는 거다. 난 다른 곳에 있는 꽃을 보러 가지 않을 거니까. 네가 책임져야 해. 블라블라블라 새해 복 많이 받아.

잎 세 개.

아이 옆으로 남아 있던 마지막 마른 잎들이 떨어졌어.

그해 겨울 아이는 운동장에 나오지 않았어. 겨울이 지나 봄이 왔고 아이는 초등학교에 입학을 했지. 아이는 운동장을 잊은 듯했어. 가끔 아이가 운동장 옆을 지나갔고 가끔 그것의 가지가 바람에 흔들렸지만 아이도 그도 아무렇지 않았어. 그것은 긴 잠에 들은 듯했어.

4월, 무수한 꽃이 피어났어. 그저, 무심하게. 아파트 뒤 작은 운동장을 분홍으로 가득 채웠어. 그리고 5월이 왔어.

그것이 눈을 뜬 것은 아이가 그것의 어딘가를 만지면서였어. 귀가 열린 순간이기도 했지. 아이는 어딘가를 만지며 동시에 말을 걸어왔어.

─안녕.

말을 걸어서 눈을 뜬 것인지, 만져서 눈을 뜬 것인지 알 수가 없었어. 처음 보는 세상이었어. 그것은 자신에 대해서도 알지 못했지. 그것이 처음 본 것은 한 아이였어.

심심해요. 아이가 투덜댔을 거야. 이불 속 아빠의 몸을 안아 흔들었을 것이고 컴퓨터 앞에 앉아 있는 형에게 말을 걸었을 거야. 아빠는 꿈쩍하지 않았고 형은 아무 대답도 하지 않았겠지. 결국 엄마가 나섰어. 뽀송뽀송하게 마른 빨래 더미를 거실 바닥에 쏟아부으며 말했겠지. 아이와 놀아주던지 빨래를 개든지, 하나 골라보라고. 아이와 아이의 형과 아빠는 아파트 뒤 작은 운동장으로 나갔어. 4월? 5월? 5월이었을 거야. 아래로 떨어진 동백의 붉은 꽃잎이 붉다 못해 까맣게 타들어 가던 아니 말라가던 중이었으니.

5월의 어느 일요일이었어. 아이와 아이의 형과 아빠는 아파트 근처 운동장으로 갔어.

"

쇼팽의 음악을 위해서라면, 나는 다른 모든 음악을 기꺼이 포기할 것이다.

– 프리드리히 니체, 『이 사람을 보라(Ecc Homo)』, 1888년

"

격정이 흩어지면 4월의 노래

최라라

어제는 즐거웠는데
오늘은 쓸쓸한 이야기

4월엔 잔인한
새싹이 돋아날 거야
조금 늦어도 바람이 닿으면
물이 돌거라는 기대
아무도 살지 않는 4월이 될 거야

어쩌다 구름을 전지하고
귀퉁이가 환해지기를 기다리겠지만
아무것도 피어나지 않아
추억은 피다 만 목련처럼
떨어지고 또 떨어지는

오늘은 파고 들어가는 발톱을 깎고
보이지 않는 혈관을 잘라내야 해
발톱이 어디 있지
혈관은 어디 있지
묻고 다시 묻는
피투성이의 나는 어디에

금목서, 금목서

이소연

늦가을은 햇빛과 걷지 않았어요 발이 없는데 해변이 구겨졌어요
해변을 지나는데 창을 열어두는 통영이 보였어요

보이는 것보다 가까이 있습니다
사이드미러 속엔
꽃과 향기의 거리가 들어 있지요

금목서

마음을 끌다가
끌다가
누가 그랬죠
치명적이라고

치명적이라는 말 잘 안 쓰는데

무당벌레가 뒤집어져 있어요
금목서의 중력을 벗지 못해
탁자 위의 빈 꽃병을 빙빙 돌고 있어요

통영은 파랗고요
금목서는 노랗고요
수평선은 졸다가 구겨지고요

꾹꾹 눌러쓴 별자리
쇼팽의 음표 같았어요

선착장이 뒤꿈치를 들어요 멍텅구리배가
죽음을 가지고 들어올 때까지
창문을 그리는 나를
바라보고 있어요

창문에 그려진 그림이, 푹 꺼졌어요
닫힌 창문이 코피를 흘렸어요
치명, 죽을 지경에 이름
그러나 죽지는 않죠

계단들

유종인

그대가 아니 오면
계단이 묵묵하지만은 않을 것이오

그대를 향한 계단이
모든 관절을 펴고 봄의 피를 조금 얻어
발걸음을 놓을 것이오

살아 있으오
죽어서도 살아 있으오

피치 못할 것들 불가피할 것들은
무릅쓴 발걸음 그 높아진 무릎을 받아먹는
허공의 별식이어야 하오

살아 있으오
살아서도 한층 살아 있으오

그대가 멀리 오면
계단은 그 먼 발걸음을 맞으러 가오
신축(伸縮)의 왕자가 되어

달빛 소리

문성해

어디서 왔나
아득하고 깊은 이 소리는

목관(木棺) 속을 두드리며 울려나오는 신음들

울창한 숲속
소나무의 정수리를 통과한 달빛들은
깊고 푸른 선율을 만들지

하늘의 소란과 고요가 빚어낸 소리가
물관을 따라 내려와
당신의 맥박소리와 닿아 있다
줄기차게

이 밤,
쇼팽을 연주하는 당신의 검은 정수리 위로
흰 달빛은 내리고

해설 – 최정호

쇼팽 발라드 2번
⟨F. Chopin: Ballade No.2 in F major, Op.38⟩

쇼팽이 26세이던 1836년에 작곡한 곡이다. 그러나 마요르카섬에서 지내던 1839년 1월에 지금의 형태로 개작되어 완성되었다. 마요르카섬에서 작곡된 또 다른 주요 작품으로는 전주곡⟨⟨Prelude Op.28⟩⟩ 중 일부가 있다.

쇼팽은 1838년 가을에 그의 연인 조르주 상드와 요양차 스페인의 마요르카섬으로 갔다. 상드의 아들과 딸도 동행했다. 그들은 그해 11월 마요르카의 팔마에 도착했다. 팔마에 있는 주택지에서 살던 중 쇼팽이 다시 폐결핵 진단을 받았다. 이미 그는 1836년에 파리에서도 이 병을 진단 받은 적이 있었다. 스페인의 위생법에 따라 쇼팽과 상드 가족은 팔마로부터 마요르카 북서부로 18킬로미터 떨어진 산속 작은 마을 발데모사로 가야만 했다. 그들은 한때 성이었던 카르투하 수도원에 보금자리를 마련했다. 그런데 날씨가 급변했다. 궂은 날씨와 입에 맞지 않는 음식은 쇼팽을 괴롭혔다. 그해 겨울은 유난히 비가 많이 내렸다. 빗방울 전주곡⟨⟨Op.28 No.15⟩⟩이 작곡된 것도 우연이 아니다. 감기까지 걸린 쇼팽의 건강은 급격히 나빠졌고 상드는 쇼팽을 극진히 보살폈다. 파리로부터 수송 중이던 쇼팽의 피아노마저 세관에 묶였다. 상태가 좋지 않은 현지의 피아노로 작곡해야만 했다.

그러한 악조건 속에서 발라드 2번(Op.38)이 완성되었다. 쇼팽은 1839년 2월 13일 치료를 위해 마요르카섬을 떠났다. 발라드 2번은 음악 평론 신문인 『음악신보』를 통해 쇼팽의 천재성을 널리 알리는 데 공헌한 작곡가 슈만에게 헌정되었다. 발라드 2번이 다른 세 발라드에 비해 유독 자주 연주 되지 않는 것은 사실이다. 그러나 로베르트 슈만(Schumann, Robert Alexander 1810~1856)은 발라드 2번에 대해 쇼팽의 작품 중 가장 감동적이라고 말한바 있다. 또 어린이들이 발라드 2번을 들으려고 놀기를 멈추는 것을 보았다고 술회했다. 첫 번째 주제는 매우 정갈하고 봄바람이 나뭇잎을 흔드는 것 같다고 칭송했다. 그러나 슈만이 1836년에 발라드 2번을 처음 들었을 때는 당혹감을 느꼈을 수도 있다. 왜냐하면 쇼팽이 당시에 발라드 2번을 연주할 때마다 곡을 변화시켜서 연주했기 때문이다. 이를테면 쇼팽이 슈만에게 발라드 2번을 처음 들려주었을 때는 바장조로 끝났는데 1840년에 출판되었을 때는 가단조로 끝나 있었다. 이것을 보면 쇼팽이 3년여 동안 발라드 2번에 대해 매우 심사숙고 했다는 것을 알 수 있다. 3년이라는 시간은 쇼팽의 짧은 생애를 생각한다면 무척 긴 시간이다.

쇼팽 연구학자로 정평이 나 있는 독일 출신의 음악학자 프레더릭 닉스(Niecks, Frederick 1845~1924)도 발라드 2번이 결코 뒤떨어지는 작품이 아님을 강조하고 있다. 닉스는 발라드 2번이 1번에 비해 뒤떨어진다는 평가들에 대해서 두 개의 전혀 다른 것을 저울에 달아보듯이 비교하는 것은 불가능하다고 일축했다. 1번과는 다른 아름다움을 지니고 있다는 것이다. 특히 제 1주제의 아름다움이 특별하다고 주장 했다.

한편 미국의 음악 비평가 제임스 휴네커(Huneker, James Gibbons 1857~1921)는 발라드 2번에 대해 쇼팽이 첫 번째 주제를 건실하게 다룬 것은 강인한 장인정신의 결과이며 2번의 이야기적인 성격은 난해한 분위기의 결과라고 평하고 있다. 더하여 2번에는 숨겨진 이야기가 있고 위대하면서도 즉흥적인 데가 있다고 말한다. 갑작스레 변하는 강렬한 두 번째 주제에 대해서는 충격을 주지만 변화무쌍하고 첫 번째 주제와 잘 대조된다고 평했다.

쇼팽은 1841년 4월 26일 플레옐홀에서 자신의 작품들로 인상적인 연주회를 개최했다. 시인 미츠키에비치와 하이네, 화가 들라크루아, 작곡가 베를리오즈와 리스트 등 당대의 제일가는 예술가들이 참석했다. 이날 연주된 곡 중에 발라드 2번이 있었다. 이 곡은 미츠키에비치의 시〈윌리스의 호수〉를 바탕으로 쓴 곡이다. 이 시는 젊은 여인들이 러시아의 압제로부터 폴란드가 독립하기를 기도하자 호숫가의 꽃들이 독을 품은 꽃들로 변한다는 것을 묘사하고 있다. 발라드 2번은 매우 서정적으로 노래하는 듯한 고요한 분위기의 시작 부분(바장조)과 폭풍우가 몰아치듯 전개되는 주제(가단조)가 극명한 대조를 이루는 것이 특징 이다. 이러한 작곡 스타일은 당시 교류가 잦았던 슈만에게서도 엿볼 수 있다.

앞서 발라드는 피아노로 쓴 이야기라고 했다. 쇼팽의 네 발라드가 모두 이야기풍인 것은 맞다. 그런데 발라드 1번에서 서주부가 "자! 이야기를 들어보시겠습니까?"라고 묻는 데 반해서 발라드 2번은 서주부가 없다는 것이 하나의 특징이다. 서주부가 없기 때문에 발라드 2번의 첫 번째 주제가 언제 시작했는지 알아차리기 쉽지 않다. 발라드 2번의 구성은 'A-B-A-B-코다'이다. 두 개의 주제가 반복된 후 종결로 맺어진다는 뜻이다. 곡은 조금 느린 간단한 제1주제로 시작한다. 제1주제는 목동의 노래처럼 서정적인 느낌을 주기도 하고 독일 가곡을 연상시키기도 한다. 피아니스트 조성진은 제1주제를 두고 밤하늘의 별을 보는 것 같다고 말했는데 적절한 표현이다. 섬세하게 흔들리는 리듬은 8마디 동안 이어진다. 그리고 동요 같은 분위기가 되풀이된다. 두 번째 주제는 뇌성이 들리는 듯 격렬하다. 이어서 처절한 코다가 시작된 후 갑자기 멈춘다. 그리고 조용한 종결에 이른다.

(추천 영상 검색어: Bruce Liu Ballade Op.38)

Ballade_ 3

QR코드를 스캔하시면 쇼팽 발라드를 들을 수 있습니다.

"

가장 민족적인 작곡가가 가장 세계적인 작곡가이다.
내 경험에 의하면 어떤 그룹의 사람들은 바흐를 이해하지 못하며,
또 이탈리아에서는 모차르트에 별 관심이 없으며,
라틴 아메리카에서는 브람스에 대해 이상한 반감을 가지고 있으며,
프랑스에서는 차이코프스키를 별로 좋아하지 않는다.
하지만 쇼팽은 모든 곳에서 사람들의 마음을 사로잡는다.

– 아르투르 루빈슈타인, 〈쇼팽〉, 1953년

"

노이즈 캔슬링

권정현

　알다시피 『드리나강의 다리』는 보스니아, 정확히는 유고슬라비아 출신 작가 이보 안드리치가 베오그라드 출판사에서 1945년에 발표한 소설로 1961년 노벨문학상 수상작이기도 하다. 소설은 보스니아 비셰그라드에 있는 메흐메드 파샤 소콜로비치 다리를 소재로 하고 있으며 다리가 처음 건설된 16세기부터 1차 세계대전 전후까지를 소설의 무대로 한다.

　인간들이 군집 생활을 시작한 이래 다리는 세계 도처에서 수백, 수천만 개 이상 건설되었다. 그러니까 드리나강의 다리라고 해서 특별할 건 없다는 얘기다. 문제는 이 다리를 중심으로 사방 천 리 안에 기독교인과 이슬람, 유태인 등이 복잡하게 뒤섞여 살면서 지정학적으로 끊임없이 전쟁을 벌여왔다는 데 있다. 당연하게도 소설이 겨눈 것은 다리를 중심으로 펼쳐진 인접 민

족들의 투쟁사이고.

『드리나강의 다리』라는 소설을 처음 알게 된 건 1980년대 초 중반이다. 나는 당시 청주에 살았다. 초등학교 6학년, 혹은 중학교 1학년이었던 그 무렵 남쪽 지방에서 민주화 운동이 일어나 수많은 사람이 죽고 다치고, 흑백텔레비전에선 그걸 무마하기라도 하듯 '국풍 81'이라는 축제를 열어 온 나라를 떠들썩하게 했던 시기다. 어린 내가 보기에 나라에 뭔가 어수선한 위기가 이어지다가 그게 잘 마무리되어 태평성대가 왔다는 그런 느낌을 받았다. 나는 동생과 함께 중고 자전거를 타고 20리 떨어진 병천중학교엘 다녔고 부모님은 천 평 남짓한 땅에서 농사를 짓느라 매일 전쟁처럼 지냈다. 가끔 자전거가 고장 나서 지각을 하면 대개의 선생들은 귀싸대기를 때리거나 운동장을 개처럼 헐떡거리며 다섯 바퀴씩 뛰게 했다.

그 무렵 집구석 다락에는 먼지를 까묵 뒤집어쓴 백여 권의 책이 있었고 그중 하나가 『드리나강의 다리』였다. 1961년 지문각 출판사에서 상, 하 두 권으로 출간한 세로쓰기 본으로 표지에는 나룻배에 의지해 강을 건너는 두 남녀를 그린 삽화가 실려 있다. 당연하게도 이제 막 중학생이 된 내가 그 책을 이해했을 리 만무하다. 하지만 나는 그 책을 끼고 몇 번이나 학교에 갔다. 자칭 타칭 글을 잘 쓴다고 소문이 나서 멀리 도내 백일장 대회까지 나가 상을 받아오곤 했기 때문에 문학 소년의 품위 유지를 위해 어려운 책이 필요했다. 하지만 학교 도서관에 있는 소년 소녀 목록이란 늘 정해져 있기 마련이어서 『그리스 로마 신화』를 필두로 『보물섬』, 『소공자』와 『장발장』, 『15소년 표류기』 등을 거쳐 ㅎ 항목의 『호머 이야기』로 끝나는 전집은 초등학교 때 이미 뗀 뒤였다. 그때는 그게 어린이용 축소판인지도 모르던 때여서 더 나은 상위 클래스의 읽을거리를 찾아 기웃거릴 때였다.

그 와중에 만난 게 『드리나강의 다리』다. 그게 어쩌다가 낡은 시골집 다락에 처박혀 있게 되었는지는 구체적으로 모르지만─왜정 때 할아버지가 구청 비슷한 곳에서 읽을 걸 가져왔다는 얘기를 듣기는 했다. 아마도 그때 불쏘시개로 가져온 책들이 아닐지─몇 날 며칠 그 책을 끼고 읽어보려고 했지만 절대로 내가 읽어낼 수준의 책이 아니었다. 세로 읽기를 오래 하면 눈알도 세로로 정렬이 돼서 세상이 온통 삐죽삐죽해 보였다. 그래도 딴엔 그걸 읽으려고 밑줄도 치고 필사도 했지만 방학을 맞아 친구가 건네준 김용의 무협지 시리즈에 빠져들면서 다시 다락방으로 던져 넣었다. 그 뒤 부모님이 돌아가시고 낡은 시골집도 무너지면서 그 안에 있던 물건들도 행방을 알 길이 없었다. 아니, 특별히 값나가는 것도 없으므로 여동생이 집 안의 물건들을 태우겠다고 했을 때 알아서 하라며 전화를 끊었던 게 전부다.

그러다가 지난달 중순쯤, 수십 년도 더 된, 기억 속의 '드리나강의 다리'를 끄집어내게 되었다. 출판사 잡지팀에서 일을 하는 제자가 '다리'에 얽힌 20매가량의 수필을 청탁해 왔던 것이다. 갑자기 담낭 제거 수술을 받아 몸이 좋지 않던 상태라 거절하고 싶었지만 아무 얘기나 좋으니 꼭 글을 써달라는 말에 청탁을 승낙하고 말았다. 하지만 수술 뒤끝이라 그런지 마땅히 쓸 게 생각나지 않았다. '다리' 얘기라면 꼭 하고 싶은 말이 있기는 했지만 그 얘기를 꺼내는 게 내겐 쉽지 않은 선택이었다. 비록 수필의 형식을 빌린다고는 해도 가슴 한 곳에 숨겨두고 싶은 나의 얘기이기 때문이다. 그렇다고 해서 그것만 쓰자니 어딘지 허전했고 뭔가 상징이라도 하나 입혀야겠다는 생각에 떠올린 게 이보 안드리치의 소설이다. 이 정도 위대한 작품이라면 그 안에 내 얘기 하나쯤 숨겨도 되겠지 하는.

　내 진짜 아버지는 시를 썼다. 정식 등단을 한 건 아니고 서예도 잘하고 말도 잘해서 여기저기 돌아다니며 붓으로 시를 써주고 이야기도 팔고 그랬다. 그러다가 우연히 들른 동네에서 엄마를 만났는데, 이장 딸이었던 엄마는 그게 또 멋있어 보였는지 겁도 없이 밤마다 그 남자의 숙소로 들락거렸다. 말하자면 나는 그 어느 밤에 최초로 엄마 배 속에 착상되었다. 당연하게도 알량하지만 내게 약간의 문학적 재능이 있는 것도 그 남자 때문이다. 또한 90년대 드라마에서 숱하게 보던 결말처럼, 그 남자에겐 정식 부인이 있었고 엄마는 남자에게 버림받은 채 나를 낳았고 집에서 쫓겨나서 식당 일을 하면서 나를 길렀고, 그래서 나는 살아오는 내내 나를 낳아준 그 남자를 증오해 왔다. 이건 어쩔 수 없는 일이다.

　엄마는 내가 세 살쯤 됐을 때 원인 모를 병을 앓아 몸이 쇠약해졌다. 죽기 직전까지 갔다고 한다. 마땅한 일자리도 없을 때여서 혼자 시내 식당에서 일을 하며 내게 젖을 물렸다. 아프고 나니 그 짓마저 하기가 쉽지 않을 때 주변에서 달콤한 제의를 해왔다. 시골에 혼자 사는 남자가 있으니 가서 살림 꾸리면서 애나 잘 키워보라는 얘기였다. 자의 반 타의 반 엄마는 나를 업고 시골로 들어갔다. 말하자면 드리나강의 다리가 다락방에 쌓여 있던 집이 그곳이다. 의붓아버지는 약간의 정신질환이 있었는데 처음에는 그게 잘 드러나지 않아서 엄마는 그곳에서 동생을 셋이나 더 낳고 평범한 가정을 일구려고 무진 애를 썼다.

　하지만 그리 오래가지는 않았다. 내가 대여섯 살쯤 됐을 때였다. 엄마는 농사지은 물건을 읍내 오일장에 지고 가 종종 팔곤 했는데 그때마다 아버지는 엄마를 미행했다. 엄마가 다른 남자를 만난다는 의심과 함께. 나는 자초지종을 모른다. 엄마가 실제로 다른 남자를 만났을 수도 있고 아닐 수도 있다. 어쨌거나 그 일로 두 사람은 자주 다투었다. 다툼이 커지던 어느 날 엄마는 짐을 싸서 집을 나갔다. 일자리를 찾고 방을 얻으면 나를 데리러 오겠다는 약속과 함께. 집을 나간 뒤 엄마는 학교로 가끔 나를 보러 왔다. 하루는 그걸 다른 친구에게 들키고 그 얘기가 아버지 귀에도 들어가고 말았다. 그날 저녁 몽둥이를 든 아버지가 방으로 들어왔다. 눈에 시뻘건 불이 들어와 있었다. 아버지는 엄마 주소를 내놓으라며 사정없이 몽둥이질을 했다. 주소를 알 리 없는 나는 새벽까지 몽둥이찜질을 당했다.

아버지는 다음 날 정신이 들어온 모양이어서 나를 자전거에 태우고 읍내 의원에 갔다. 다리가 부러지고 어깨와 등짝, 이마와 볼에 깊은 상처가 패여 있었다. 지금 같으면 아동 학대로 경찰이 왔겠지만 의사는 왜 그랬는지 묻지 않았고 아버지도 말하지 않았다. 치료를 받고 온 뒤에도 나는 보름 가까이 몸이 찢어지는 통증을 느꼈다. 그런 일은 한 번으로 끝나지 않았다. 저녁이 되면 아버지는 다른 사람이 됐다. 스스로도 귀신이 씐 것 같다고 했다. 그 사내는 집을 나간 엄마에 대한 원망을 내게 풀었고 나는 사정없이 구겨져 절뚝이며 학교를 다녔다. 그 와중에도 학교를 계속 다닌 건 엄마와의 약속이 있었기 때문이다. 방을 얻으면 꼭 너를 불러내겠다고. 그 지옥 속에서 꺼내주겠다고.

약속은 내가 중학교 2학년이 되어서야 지켜졌다. 읍내에 방이 준비되자 나는 지체 없이 집을 나왔다. 한 가지 걸리는 게 어린 동생들이었다. 엄마가 나간 뒤 사실상 내가 엄마 역할을 했는데 이제 둘째가 그걸 물려받아야 했다. 하지만 밤마다 계속되는 폭력을 이겨낼 재간이 없었다. 집을 나온 뒤 아버지는 자전거에 몽둥이를 싣고 엄마를 찾겠다며 읍내를 뒤지고 다녔다. 그러다가 저녁이면 제풀에 지쳐 돌아갔다. 학교에서도 아버지의 자전거가 나타나면 나는 동태를 살펴 도망치듯 집으로 돌아갔다. 그런 숨바꼭질은 내가 고등학생이 돼서야 끝이 났다. 덩치가 커진 나는 동생들을 보기 위해 제 발로 걸어 집으로 갔고 아버지가 몽둥이를 들면 손목을 꺾어 제압하고 문을 쾅 닫고 나오고는 했다. 아버지는 거의 애원하다시피 무슨 말인가를 늘어놓았지만 나는 듣지 않았다. 아니 들을 마음도 없었다. 그는 혀와 귀가 없는 남자로 살아왔고 나 역시도 이제 귀와 혀를 없애기로 했다. 그에 관한 소리는 도두 차단하고 싶었다. 처음부터 몰랐던 사람처럼.

인터넷 서점을 통해 『드리나강의 다리』를 주문했다. 배열도 좋아지고 번역도 현대에 맞춰 바뀌었는데 나는 한 줄도 읽지 못했다. 아니 읽을 수 없었다. 그 책은 내가 아는 '드리나강의 다리'가 아니었기 때문이다. 나는 헌책방 사이트를 뒤지며 기억 속에 남아 있는, '강을 건너는 사람들'이 있는 표지의 책을 찾았다. 그러다가 한 달이나 기다린 끝에 마침내 그 판본을 구할 수 있었다. 어릴 때는 한 권이라고 생각했는데 상, 하 두 권이었다. 지문각에서 나온 1961년 오리지널 판이었다. 책을 보자마자 나는 대번에 그 책임을 알아보았다. 손이 먼저 기억해서 서두에서 인상 깊게 읽었던 '무덤에 얽힌 일화' 내용까지도 술술 찾아내게 되었다. 나는 그 즉시 하던 일을 멈추고 침대에 비스듬히 누워 책을 읽어 내려갔다.

특별히 새로울 건 없었다. 책을 읽기 전부터 이미 대강의 내용을 알고 있었기에 그래 뭐, 이 정도면 노벨상을 받을 수도 있지.

하는 마음으로 책을 덮었다. 하지만 이야기는 이제부터 시작이다. 그때가 새벽 3시경이었는데 하권 뒷장 날개 안쪽에 볼펜으로 꾹꾹 눌러쓴 낙서가 나도 모르게 눈을 사로잡았다. 보통 책을 선물할 때 앞쪽에 글을 쓰게 된다. 누구누구로부터라든지, 간단한 안부 인사나 감사를 전하는 글 말이다. 예전에는 주로 책을 선물로 주고받았고 중고로 책을 사면 몇 권 건너 한 권씩 그런 낙서, 혹은 책의 의미를 적어놓은 글을 발견할 수 있었다. 하지만 이번에는 그런 글과 궤가 달랐다.

경혜가 없는 세상에서 그리워하며
함께 듣던 발라드 3번과 함께. 1966.

두 줄에 불과했지만 가슴을 찡하게 하는 내용이었다.
새벽이어서 그랬을까. 경혜를 잃고 그녀를 추억하며 낙서를 남긴, 얼굴도 이름도 모르는 이의 감정이 고스란히 내게 전해져 왔다. 1966년에 책을 읽었다면 적어도 20대 중반은 된 나이였을 것이다. 지금은 이미 고인이 되었거나 살아 있어도 팔순을 훌쩍 넘긴 나이. 경혜도, 그녀가 좋아했다는 발라드 3번의 기억도 까마득히 잊혔겠지. 그런데 나는 여전히 익명의 책 주인과 경혜를 느끼고 있다. 불을 끄고 누워서도 계속 상상을 했다. 둘은 어떤 관계였을까. 어찌하여 경혜가 죽었을까. 어쩌면 죽은 게 아니라 헤어진 건지도 모른다. 드리나강의 다리와 발라드 3

번은 어떤 연관성으로 두 사람을 한데 묶어주었을까.

휴대폰을 꺼내 유튜브에 접속했다. 발라드 3번을 검색하자 쇼팽 발라드 3번이라는 제목과 함께 잔잔하게 흐르는 피아노곡이 소개되었다. 책을 가슴에 끌어안은 채 음악을 감상했다. 처음 듣는 곡이었다. 어쩌면 카페 같은 곳에서 한두 번 들었던 것 같기도 하다. 고등학교 때, 음악 시간에 쇼팽이나 베토벤, 모차르트를 배운 적은 있지만 피아노 연주를 좋아해서 찾아 듣는 편은 아니었다. 그보다 오래된 팝송이 더 취향에 맞았다. 잔잔하게 흐르다가 후반부로 갈수록 서서히 고조되는 곡을 두 번 더 듣고 나서 나무위키로 들어가 곡에 대한 해석을 찾아보았다. 발라드 3번은 쇼팽이 1841년 작곡한 곡이며 전반적으로 고귀하고 귀족적인 느낌을 주는 곳이라고 소개돼 있었다. 밝은 분위기에 깊고 아름다운 음악성을 지녀서 쇼팽의 다른 발라드 곡들과 함께 세계적으로 널리 알려진 곡이라고.

다음 날 책을 주문했던 헌책방에 전화를 걸었다. 『드리나강의 다리』를 헌책으로 팔고 간 사람에 대해 알고 싶다고 말하자 주인은 한참 기억을 되살리더니 말했다. 정확한 건 아닌데…… 한 10년 전쯤에 어떤 남자가 오래된 책들을 박스에 넣어왔고 돌아가신 아버지가 읽던 책들이라고 했다. 책값을 쳐주려 했으나 필요 없다며 다른 사람에게 다시 읽히면 그걸로 족하다고 해서 지금까지 기억이 난다는 말도 덧붙였다. 하지만 워낙 오래된 책이라 대부분 팔리지 않고 아직도 헌책방 지하 창고에 먼지를 뒤집어쓴 채 보관 중이라고. 주인의 말을 미루어 짐작해 보자면 책을 판 남자는 책 주인의 아들이거나 손자일 테고, 아버지가 죽어 방을 정리하며 책을 그냥 버릴 수 없어 헌책방에 넘기고 간 게 되었다.

　며칠 후 나는 헌책방으로 직접 찾아가 주인의 양해를 구한 뒤 그 남자가 주고 갔다는 책들을 모아놓은 곳으로 갔다. 지하 창고는 책 썩는 냄새가 진동했다. 한쪽에는 정말로 수십 년씩 묵은 책들이 놓여 있었는데, 꼬박 반나절을 뒤져보았지만 경혜와 연관된, 책 주인으로 짐작되는 이가 남긴 추가 낙서를 발견할 수는 없었다. 책방 주인에게 감사의 인사를 한 뒤 예의상 책 몇 권을 사서 헌책방을 나왔다. 책방에 들어서는 순간부터 가슴 한쪽이 계속해서 아렸는데 그 아림은 책방을 나올 때까지도 계속됐다. 경혜를 떠나보낸 책 주인의 감정이 이랬겠지, 하는 생각으로 헌책방을 나와 청계천을 따라 내려가다가 동묘 근처 골동품 파는 골목으로 가서 쇼팽의 발라드를 묶어놓은 LP판까지 하나 샀다. 상품 설명이 조잡하게 인쇄된 해적판이었다. 발라드 3번 곡은 Op. 47이라는 안내와 함께 세 번째 트랙에 들어 있었다. 헌책과 LP까지 갖췄지만 여전히 퍼즐이 남아 있었다. 도대체 경혜와 책의 주인은 어떤 관계였을까. 좀 더 알고 싶었다. 책의 행간, 문장과 문장이 품고 있는 은유의 뒤편에, 쇼팽의 발라드 3번이 갖고 있는 박자와 리듬의 배후에 대해서.

집으로 돌아와서 아차 싶었다. 너무도 당연한 얘기인데 LP를 들을 어떤 장치도 집에 없었다. 카세트테이프 플레이어조차 오래전에 동사무소 딱지를 붙여 골목에 내놓았다. 음악다방 같은 곳에 가면 요즘도 여전히 LP판을 틀어주는 곳이 있다지만 솔직히 유튜브로 듣는 고음질 파일과 크게 다를 게 없다는 게 평소 생각이었다. 낭만이 조금 더할지는 모르겠지만 낭만 때문에 불편을 감수하는 사람은 많지 않다. 감성을 찾아 LP 플레이어를 산다고 해도 서너 번 듣고 먼지를 뒤집어쓴 채 방치하는 이들이 대다수일 것이었다. 그래도 예의는 갖추고 싶었다. 나는 LP판을 꺼내 장식용으로 벽에 세우고 유튜브를 클릭해 아쉬운 대로 발라드 3번을 다시금 재생시켰다. 두 눈을 감고 책 주인의 감정이 되어서 그의 내면으로 들어가 이면의 경혜를 떠올리며 곡이 끝날 때까지 집중했다. 그러자 놀라운 일이 벌어졌다.

마치 노이즈 캔슬링이 된 것처럼, 이 공간 속에 나와 음악만이 살아 있는 듯 느껴졌다. 음악이 다 끝나갈 때쯤 참을 수 없이 눈물이 쏟아졌다. 평소 잘 울지 않는 체질이었기에 눈물은 의외였다. 더구나 왜 눈물이 나는지조차 알 수가 없었다.

도대체 왜지? 인터넷에 들어가 검색을 하다가 어떤 블로거가 써놓은 글을 봤다. 쇼팽의 생애에서 가장 눈에 띄는 부분은 연인이자 소설가인 조르주 상드와의 관계였다. 대학 때 그녀의 몇몇 중단편을 읽고 공부한 기억이 있어서 나는 흥미롭게 블로거의 글을 읽었다. 상드는 널리 알려진 대로 자유분방한 연애주의

자였다. 하지만 쇼팽에게만큼은 진심이어서 10년 이상 쇼팽의 병간호를 하며 그를 지켰다. 더구나 쇼팽은 몸이 좋지 않아 정상적인 성생활이 불가능했다 한다. 역설적이게도 이때 쇼팽은 명곡으로 칭송받는 많은 작품을 남겼다. 그들이 헤어지게 된 배경도 안타깝다. 당시 상드는 사치스럽고 돈만 밝히는 딸과 결별 상태였는데, 임신한 딸이 마차를 빌려달라고 하는 청조차 차갑게 거절했다. 딸은 쇼팽에게 부탁해 마차를 빌렸고 이 사실을 알게 된 상드는 크게 성을 내며 쇼팽에게도 이별을 고했다. 그는 이별 후 다른 연인을 찾아갔고 쇼팽과 주고받은 편지를 모두 소각했다. 하지만 쇼팽은 죽는 날까지 상드와 주고받은 편지를 머리맡에 보관한 낭만주의자였다.

이제 아버지, 정확히는 의붓아버지와의 마지막 순간에 대해 말할 차례다. 『드리나강의 다리』 얘기를 하자고 글을 시작한 것도 아니고, 조르주 상드와 쇼팽의 관계도 이 글의 목적이 아니다. 당연하지만 '경혜'에 대한 애착도 어차피 내가 아닌 타인의 감정일 뿐이다.

고등학교 졸업 후 나는 군대엘 갔고 제대 후 서울의 한 호텔에서 벨맨 생활을 했다. 의붓아버지와의 관계는 좋지도 나쁘지도 않았다. 1년에 한 번 정도, 명절을 빙자해 내려가 인사를 건네고 몇십만 원의 용돈을 쥐여주고는 벼락같이 자리를 떴다. 오래

앉아 얘기를 하고 싶은 마음도, 그에게 진심으로 어떤 애정을 주고 싶은 마음도, 과거를 용서받고 싶은 마음도 없었다. 그냥 그랬다. 과거는 과거고 지금은 지금이고, 지금 내가 할 수 있는 일이 그런 것이라고 생각했다. 물론 과거에 대한 나쁜 감정이 남아 있지도 않았다. 그땐 그도 어쩔 수 없었겠지. 그걸 지금 새로 꺼내서 사과를 받은들 무슨 의미가 있을까, 싶었다.

그러다가 서른 살이 됐을 때였다. 일을 마치고 집으로 돌아오는데 아버지로부터 전화가 걸려왔다. 장맛비가 주룩주룩 내리던 날이었다. 나에게 전화를 거는 일이 드물었기에 나는 잔뜩 긴장했다. 예상대로였다. 그는 목이 쉬어 있었다. 자꾸 겨드랑이와 목덜미가 아프다고 했다. 병원에 가서 진찰을 받고 싶다고 했다. 아마도 보호자가 필요했을 것이다. 뒤로 낳은 동생들이 있으니 그들에게 부탁을 할 수도 있었지만 딴엔 첫째인 내가 가장 믿음직해 보였나 보다.

기쁘지도 슬프지도 않았다. 그냥 담담했다. 따져 보니 아버지의 나이가 일흔 후반이었다. 병이 올 나이였다. 나는 알았다고 대답한 뒤 휴가를 얻어 청주 근처, 시골 마을로 내려갔다. 가는 길에 비가 많이 내려서 애를 먹었다. 시골에 도착하니 아버지가 마당에 나와 우산을 쓰고 기다렸다. 겉으로 보기엔 별 이상이 없어 보였다. 나를 보자 아버지는 무너져 내렸다. 몸이 아프다며 주저앉았다. 옛날 몽둥이를 들고 엄마를 찾아다니던 당당함 같은 건 없었다. 그 즉시 속옷과 양말 등을 챙기고 아버지를 차에 태웠다. 이대로 병원에 가면 다시 집에 오지 못하리란 느낌이 왔다. 아프면 진즉에 전화를 걸지. 좀 미련하다고 생각했다. 아마도 자존심 때문이었겠지. 그도 나처럼 무심하게 순간순간을 견뎌왔을까.

차를 돌려 나왔다. 청주로 가려면 내를 건너야 했다. 금강의 지류 가운데 하나인데 시내와 마을을 잇는 국도에 저상형 시멘트 다리가 놓여 있었다. 저상형 다리는 평상시에 다리의 구실을 하다가 장마가 져 물이 넘치면 다리가 잠기도록 설계된 다리였다. 마을로 들어올 땐 물이 넘치기 전이었는데 다리가 물에 잠겨가고 있었다. 나는 차에서 내려 물로 들어가 보았다. 얕은 곳은 10여 센티, 깊은 곳은 20센티쯤 교각이 물에 잠겨 있었다. 다리 길이는 대략 50미터쯤 됐다. 아직 다리의 윤곽이 남아 있어서 그대로 치고 나갈 수 있을 것 같았다. 나는 거친 엔진 소리를 내며 차를 뒤로 후진시켰다. 속력을 내서 단박에 건널 계획이었다. 뒷좌석에 앉은 아버지가 배를 움켜쥐고 신음을 뱉기 시작한 것도 그즈음이다. 영화에서나 볼 법한 순간이 나에게도 있구나. 속으로 쓴웃음을 지었다. 거친 자동차 소음과 함께 차가 물속으로 들어갔다. 그러나 그사이 물은 반 뼘이나 더 높아져 있어서 앞바퀴가 옆으로 쏠렸다. 나는 급하게 후진을 해서 안전한 곳으로 빠져나왔다. 죽음이 코앞에서 오르락내리락하고 있었지만 크게 와닿지 않았다. 그저, 지금 겪고 있는 상황이 코미디 같아서 헛웃음만 났다.

잠깐 운전대를 잡고 고민했다. 오늘 다리를 건너지 않으면 어떻게 될까. 마을 뒤로 산림용 농로가 나 있으니 그쪽으로 해서 가는 방법도 있었다. 천안으로 빠진 뒤 고속도로를 타고 청주 톨게이트로 내려가서 도립병원으로 빠지는 길인데, 고속도로에 빼곡하게 밀린 차들로 미루어 보건대 한 시간, 혹은 두 시간이 딜레이되는 코스였다. 결국 다시 차를 후진시켰다. 빗물로 인해 사방이 분간되지 않았다. 와이퍼가 억척스럽게 앞 유리를 닦아냈다. 화가 났다. 조금만 일찍 마을을 나올걸. 아니, 하필 왜 지금 장마가 오고 지랄일까. 아니…… 아파도 하필 왜 이런 때, 아니 자기가 뭘 잘한 게 있다고 연락을 해왔을까. 부웅, 하는 엔진음과 함께 앞바퀴가 먼저 물에 잠겼다. 차가 밀리는 걸 최소화기 위해 대각선으로 차를 몰았다. 중간 지점에서 아주 잠깐 차가 붕 뜨는 느낌이 들었으나, 다행히 앞바퀴가 지면과 마찰하면서 어렵게 건너편에 닿을 수 있었다. 차가 물에 잠기면 창문을 열고 빠져나갈 생각으로 창문까지 열어둔 채였다. 다리를 건넌 뒤 생각해 보니 나 혼자만이 탈출 가능한 이기적인 생각이었다.

대부분 드라마의 결말이 그렇듯 아버지는 폐암 3기 진단을 받았다. 더는 손을 쓸 수 없으니 편하게 모시라는 의사의 말은 진심이었다. 아버지를 서울로 모시고 올라와 호스피스 병동에 입원시켰다. 아버지는 3개월 만에 돌아가셨다. 병간호를 해야 했는데 처음 두 달은 엄청나게 짜증이 났다. 직장에 출근을 해가며 저녁마다 병원에 가야 했기 때문이다. 석 달째 되자 생각이 조금 바뀌었다. 그까짓 과거의 기억이 뭐라고, 조금 더 젊다는 이유만으로 생색을 내는 게 무슨 의미가 있지. 그날부터 나는 말을 하기보다 아버지의 말을 들어주기 위해 노력했다. 많이는 아니지만 아버지는 간간이 옛날 얘기를 했다. 그 얘기 속에 나에 대한 미안함이 들어 있기도 했다. 그것이면 족하다고 생각했다. 의사가 일주일쯤 남았다며 마음의 준비를 하라고 했을 때 나는 엄마에게 전화를 걸었다. 엄마에게 상황을 설명하자 오겠다고 했다. 20년 가까이 연을 끊고 살았는데 오겠다는 대답이 그렇게 고마울 수가 없었다. 특별한 이유는 없었지만, 그래도 가는 마당에 뭔가를 쌓아두고 가게 하고 싶지는 않았다.

엄마가 왔을 때 아버지는 이미 인사불성 상태였다. 엄마를 알아보지 못했다. 엄마는 아버지의 손을 잡고 다 용서해 달라고 했다. 잦은 불화로 집을 떠나게 했으니 용서를 받을 사람은 엄마 자신인데 무얼 용서해 달라는 걸까. 지금 생각해 보면 그 말의 의미가 이해되는데, 당시엔 잘 이해가 되지 않았다. 엄마는 거의 매일 아버지의 손을 잡고 미안하다고 했다. 그게 효과를 본 건지, 아버지는 죽기 두어 시간 전 약간의 호전 반응을 보였다. 어쩌면 저승사자가 허락한 작별의 시간이었는지도 모른다. 아버지는 엄마를 알아본 듯했다. 그때 나는 주차장에 내려가 있느라 현장에 없었는데, 엄마의 말에 의하면 두 손을 더듬어 잡고 자기가 잘못했으니 용서해 달라는 말을 했다고 한다. 엄마는 장례가 끝난 뒤 그 얘기를 하며 눈물을 몇 방울 떨구었다.

아버지는 문주란이 부른 〈공항의 이별〉과 〈동숙의 노래〉 두 곡을 평소에 좋아했다. 시골에 있을 때 카세트테이프로 그 노래를 곧잘 듣던 장면이 지금도 기억이 난다. 물어본 건 아닌데 언젠가 스치듯 그 얘길 했었다. 가사도 좋고 문주란 특유의 힘 있는 저음이 좋다고.

어떤 인연은 헤어진 뒤 원수가 되기도 하고 어떤 인연은 헤어져 아쉬움이 남고 어떤 인연은 담담하다. 내게 아버지의 기억은 그 모든 감정이 혼합된 형태다. 나를 버린 친아버지는 결코 용서할 수 없는 증오로 남았다가 어느 순간 잊히는 기억이 됐고 키워준 아버지의 대한 기억은 애증으로 남아 조금씩 희석되고 있다. 가끔 그들이 생각나면, 장마철 시멘트 다리 앞에 서서 망설이던 날이 떠오르면, 혼자 아프게 웃고는 한다. 그들도 사느라 참 힘이 들었겠구나. 다시 그들을 만나게 된다면 어깨를 두드려 주며 위로해 주고 싶은 마음이 드는 나이가 됐다. 쇼팽이 연인 조르주 상드와 헤어진 뒤에도 계속 아름다운 음악을 남길 수 있었던 것도 아쉽거나 쓸쓸했던 기억의 힘일 것이다. 그 힘의 다른 이름은 사랑이겠지.

우리가 가족이라고 해도 연인 사이라고 해도 생각은 저마다 다르다. 관계가 틀어지면 그들은 귀를 막고 자신이 원하는 소리만 듣는다. 주변의 소음도 물리치고 오직 자신이 원하는 한 가지 소리에만 집착한다. 그런데 가끔은 이어폰을 빼고 내가 가진 생각, 내가 가진 목소리를 타인과 나누며 또 그것만큼이나 다른 사람의 다양한 소리에 귀를 기울여야 한다는 생각을 하게 되었다. 내면의 소리는 맑고 고요한 곳에서 울려 나오는 게 아니라 복잡하고 시끄러운 가운데 하나의 가닥으로 생성되어진다. 온갖 힘겨움 속에서 삶이 깊이를 갖게 되듯이.

얼마 전 뉴스를 보다가 보스니아와 세르비아계 사이에 다시금 분쟁이 발생했다는 소식을 들었다. 그 순간 물살을 헤치며 강을 건너는 젊은 연인의 모습이 떠올랐다. 표지를 다시 보니, 그들은 강의 어느 쪽도 아닌 물결 방향을 따라 하류로 배를 저어가고 있었다.

"

금요일에 바이올렛 꽃다발을 사다놓으라고 지시하게,
객실에 향기가 풍기도록 말일세.
내가 집에 돌아갔을 때,
객실을 건너 침실로 들어갈 때,
약간의 시를 만날 수 있기 원하네.
그러면 나는 오랫동안 안심하고 침실에 누워 있을 수 있지

– 쇼팽이 보이체프 그지마와에게 보낸 편지, 1848년 11월 21일

"

물의 요정

유종인

물방울은
물을 타고 났어요

물방울은
고요의 눈동자를 닮았어요
그러나 물방울은 술방울처럼 달아오르고 싶죠

자신을 알아볼 만큼의
맑고 때로 눅진 소란스러움들
늘 고요의 주머니에 간직하면서

봄에 가만 눈을 떴다
여름에 천둥처럼 무성해진 듯 해도
다시 맑음으로 가난해지는 가을날,
가난이 호젓한 마음의 몸매일 때쯤
물방울은 물방울을 찾아요
눈이 눈을 떠요

고통이 격랑을 만들 때쯤
물방울은 살짝 허공으로 튀어오르죠
춤이란
무명의 샛길을 열어나가는
파문이란 걸
저 호숫가의 나무는 나뭇가지들은 솟구치듯 알아요

보세요 눈송이는
때로 백발의 물방울로 하늘에 부려논 고민들,
연애를 한 방울로 농축하는 방법에 대해
어느 눈발은 밤새 술병을 포옹하죠
그때마다 6등성 제일 어두운 별들은
우주에서 가장 환한 번민이 되죠

경춘선숲길

이소연

누가 숲길에 묶인 피아노를 치고 있나 봐요

피아노는 다리 한쪽이 없습니다
피아노 줄은 빗소리에 흠뻑 젖어있습니다
아직 녹은 피지 않았습니다
달이 뜨는 밤 앞에 엎드린 피아노
검은 짐승 같고요

두 가닥의 레일을 타고
청량리에서 갈매와 별내를 지나
가평과 강촌을 지나 춘천까지 여행하지요
눈 깜짝할 새 강이 일어서고
산이 구겨지고 지붕 위에 걸린 장마전선을
만나기도 합니다

남아있는 철도는 건반처럼 아름답고
비켜서 있을 곳 없는 누군가
물에 젖은 달처럼 검은 건반을 두드립니다

피아노는 레일에 기대어 노래하고
나비 한 마리,

도시의 나비는 가장 불가능한 때를 골라 나타나곤 했어요

믿을 수 없다고 말하며
계속 보게 만들죠

저 날갯짓 좀 봐요
글자를 훔치는 중
영혼을 퍼담는 중

한 걸음 가까이 다가갔을 때,
나비가 달아났고
그랜드피아노 뚜껑이 닫혔다

경포대에서

문성해

파도가 흰 건반을 펼쳐놓고 갑니다

당신은 입 속에서 흰 건반을 드러내며 노래하고
나는 소나무 숲에서 새어나오는 허밍을 듣고 있습니다

발라드는 '춤추다' 라는 뜻의 프랑스어

당신의 춤은 입 속에서 나오고
나의 춤은 귀에서 나오고
그 옛날 어떤 이에게선 곡조로 쏟아져 나옵니다
끝없는 파도처럼

당신은 춤을 당신만 아는 곳으로 데려가고
난 춤을 달팽이관 속에 가두지만
옛날의 어떤 이는 끝도 없이 손가락으로 풀어냅니다
굽이치는 파도처럼

파도에게서 나온 춤은
멈출 수 없는 선율이 됩니다
어떤 서퍼도 올라탈 수 없는

내 봄날은 어디에

최라라

꺼진 신호등
사거리의 시계는 멈춤
자물쇠 없는 세상의 문이 덜컹덜컹
생생하게 핀 12월의 장미

장미를 열고 들어가면
그런 말이 들렸지
봄은 왜 당신을 지나야 오는 걸까
어느 날 나는
폐허의 장미가 될 것이므로

그날의 코사지가 아무렇게나 말라가고 있어
운명이 있다고 했지
종이컵의 커피에는 곰팡이가 피고
사랑하지 않으려고 애써도
자꾸만 마음이 가는
썩은 추억
가슴 뜨겁던 날은 어디에

12월까지입니다, 당신 운명의 기회는
문득 궁금해지는
내 봄날은 어디에

쇼팽 발라드 3번

⟨F. Chopin: Ballade No.3 in A flat major, Op.47⟩

쇼팽은 1839년 2월 13일에 마요르카섬을 떠났다. 요양차 갔던 이국 만 리의 섬이었지만 쇼팽의 건강이 더 나빠졌기 때문이었다. 마르세유 에서 건강을 되찾고는 상드의 고향인 노앙으로 갔다. 상드가 자신의 안 식처 노앙으로 쇼팽을 이끈 것이다. 쇼팽은 이전에 리스트와 노앙을 방 문할 기회가 있었지만 긴 마차 여행을 거절한 적이 있었다. 낯선 곳을 두려워하는 쇼팽이었지만 6월에 노앙에 도착해서는 안심했다.

상드는 쇼팽이 불편하지 않도록 집을 꾸몄다. 많은 남성을 거친 상드였 지만 상드는 쇼팽에게 모든 것을 헌신했다. 그를 위해 플레엘 사의 피아 노도 준비해 두었다. 쇼팽은 고향에 돌아온 듯 마음이 편했다. 노앙에서 쇼팽은 작곡에 전념할 수 있었다. 1839년 6월 이후 작곡한 쇼팽의 작 품 대부분 노앙에서 작곡된 것이다. 쇼팽의 위대한 걸작 피아노 소나타 2번(⟨Op.35⟩)이 탄생한 곳도 노앙이었다. 쇼팽은 1847년에 상드와 헤 어질 때까지 노앙과 파리를 오가며 활동했다.

1839년 가을에 파리로 돌아온 쇼팽은 트롱셰 거리에서 지냈지만 상드는 두 아들과 함께 피갈 거리에서 지냈다. 노앙에서 돌아온 쇼팽은 작곡가 이그나츠 모셸레스를 만나서 함께 음악회를 열기도 했다. 1840년 12월에는 앵발리드 성당 나폴레옹 유골 안치식에서 연주될 모차르트의 레퀴엠을 리허설에서 들었다. 모차르트의 레퀴엠((K.626))은 쇼팽에게 깊은 감명을 주었다. 쇼팽은 죽을 때까지 모차르트의 레퀴엠 악보를 지니고 다녔다. 31세이던 1841년 11월에는 파리 피갈 거리에 있는 상드의 집으로 거처를 옮겨 1842년 9월까지 상드의 가족과 함께 살았다.

발라드 3번은 1840년에 작곡을 시작하여 1841년에 완성한 작품이다. 상드와의 관계는 계속 중이었지만 파리에서 두 사람이 따로 살던 시기와 노앙에서 지내던 시기에 걸쳐서 완성된 것이다. 이 시기에도 두 사람이 노앙을 오가기는 했다. 그러나 1840년 여름에는 노앙에 가지 않았다. 그때 상드의 경제적 형편이 좋지 않았기 때문이다. 오히려 이런 점은 끝없이 밀려드는 노앙에서의 손님들로부터 쇼팽이 자유로워지게 했다. 그리고 마음이 통하는 친구들과 만나며 행복하게 지낼 수 있었다. 1841년 여름 쇼팽은 다시 노앙으로 갔다. 11월 초에는 파리로 돌아왔다. 쇼팽이 대규모 청중 앞에서 연주하는 것은 드문 일이었다. 쇼팽은 1842년 2월에 플레옐홀에서 연주회를 가졌는데 그때 발라드 3번이 초연되었다. 발라드 1번만큼이나 인기 있는 발라드 3번은 발표 당시 프랑스 귀족사회에서 큰 환영을 받았다. 그만큼 이 곡은 귀족적이고 우아하며 화려한 아름다움으로 가득 차 있다. 파리 사교계 살롱 문화의 향기가 이 곡에 배여 있다.

슈만은 쇼팽의 발라드 3번에 대해 다음과 같이 말했다. "발라드 3번은 형식과 특징에 있어서 분명히 1, 2번과는 다르다. 독창성이 가장 뛰어나다고 말하지 않을 수 없다. 프랑스 수도의 귀족적 환경에 적응한 세련되고 지적인 폴란드인을 발라드 3번 속에서 발견할 수 있다." 이 곡은 미츠키에비치의 시 〈물의 요정〉에서 영감을 받아 작곡했다. 이 시는 남자들의 마음을 믿지 못하는 여인이 물의 요정으로 모습을 바꾸고 남자를 유혹하여 파멸시킨다는 이야기이다.

발라드 3번은 내림 가장조 8분의 6박자로서 2번처럼 서주부가 없다. 그렇지만 여덟 마디의 제1주제는 밝고 따뜻하며 우아하다. 이 곡의 제1주제 역시 춤곡을 연상시킨다. 두 번째 마디의 바 음과 내림 마 음의 음형은 주된 동기(음악의 시작이 되는)로서 처음부터 끝까지 반복 사용되는 패턴을 보인다. 53마디부터는 바장조의 제2주제가 등장한다. 제2주제는 어울려 노는 듯한 즐거운 느낌을 표현하며 화려한 악풍을 드러낸다. 이후 나타나는 제2주제는 올림 다단조로 조가 바뀐다. 진행은 점점 조용해진다. 마지막에는 내림 가장조로 돌아와 제1주제가 축소되어 반복된다. 최후의 정점에는 비상한 긴장미가 표현된다. 그리고 종결은 조용한 정서로 끝난다.

발라드 3번(《Op.47》)은 네 개의 발라드 중 가장 밝은 색채의 곡이다.

(추천 영상 검색어: Seong-Jin Cho Chopin Ballade No.3 Yellow Lounge)

Ballade_ 4

QR코드를 스캔하시면 쇼팽 발라드를 들을 수 있습니다.

"

나는 쇼팽의 음악이 없는 삶을 도저히 상상할 수 없다.
그의 음악은 내게 공기, 물과 같은 것이다.
그것이 없으면 살 수 없는.

– 비톨드 루토스와프스키(1913~1944)

"

페이지터너

채 윤

고속도로는 짙은 어둠에 묻혀 있었다. 길 가운데 콘크리트 분리선이 상처 입은 짐승처럼 드러누웠고 도로 양옆으로 높거나 얕은 산자락이 흘러갔지만 다른 차들은 보이지 않았다. 자동차 라이트를 받은 차선이 하얗게 떠올랐다가 빠르게 차 밑으로 빨려들었다. 차가 위로 튕겼다가 아래로 내려앉았다. 차 바퀴에 무엇인가 깔렸다 지나간 느낌이었다. 나는 차 뒤편으로 피범벅이 되어 내팽개쳐지는 시신을 상상했다. 그리고 영문을 알 수 없는 살의에 젖어 들었다. 핸들을 쥔 손이 떨렸다. 동시에 어둠 속에 숨어 있던 가드레일이 눈앞으로 바싹 다가섰다. 이대로 액셀을 깊숙이 밟고 고속도로 밖으로 차와 함께 나뒹굴고 싶다는 충동이 죽음이라는 단어와 함께 내 가슴을 세차게 두드렸다.

그 순간 휴게소를 알리는 안내판이 눈으로 들어왔다. 새카만 어둠 속에서도 안내판 위의 글자는 선명하게 가야 할 길을 알려주고 있었다. 그제야 액셀을 밟고 있던 발끝에 힘을 빼며 속도를 늦췄다. 짧게 지나갔던 살의 뒤편에 남은 감정으로 숨이 가빴다. 자동차 라이트에 비친 휴게소, 라는 글자가 아니었다면 정말 그대로 차와 함께 가드레일을 들이받았을지 몰랐다.

휴게소 주차장은 비어 있었다. 드문드문 버려진 듯 서 있는 화물차 몇 대가 보일 뿐 승용차는 단 한 대도 보이지 않았다. 아직 휴가 시즌이 한창이었고 동해안으로 이어지는 고속도로라는 사실을 감안하면 상상조차 할 수 없는 살풍경이었다. 그뿐만이 아니었다. 휴게소 안에도 사람이 보이지 않았다. 편의점과 푸드 코너에 LED 조명이 밝혀져 있었지만 그 안을 오가는 사람 그림자는 없었다. 휴게소 직원도 그곳을 지나가는 손님들도. 사람을 볼 수 없는 고속도로 휴게소라니. 마저 지우지 못한 살의가 내 주위의 모습을 왜곡이라도 하는 걸까.

나는 휴게소 화장실에 들렀고 푸드 코너 정수기에서 물을 받아 마셨다. 커피라도 한 잔 마시고 싶었지만 카페에도 역시 조명만 덩그러니 밝혀져 있을 뿐 주문을 받아줄 사람은 없었다. 사람 한 명 보이지 않는 텅 빈 휴게소 본관을 맴돌다가 다시 주차장으로 돌아와 차에 올랐다. 시동을 거니 연료 계기판 경고등이 깜박거렸다. 기름이 얼마 남지 않았다. 자동차 핸들을 돌려 주유소로 들어갔다. 셀프 주유소였고, 그 때문인지는 알 수 없었지만, 주유소 직원 역시 보이지 않았다. 직접 차에 기름을 넣고 카드로 결제를 했다. 주유소 천장에서 깜박거리는 차가운 LED 불빛에 눈이 시렸다.

휴대전화 벨 소리가 연이어 울렸다. 희정의 전화였다. 나는 그녀와 통화를 하고 싶지 않았다. 그러나 이 넓은 휴게소에 아무 사람도 존재하지 않는다는 만화 같은 현실에 어떤 쓸쓸함이 가슴 가득 거품처럼 차올랐다. 마땅히 존재해야 할 사람들에 대한 부재가 내 안의 죽음에 대한 충동과 공포를 괴물처럼 키워가고 있었다.

"왜 전화를 안 받는 거야?"

희정의 목소리는 짜증스러웠지만 흔들리고 있었다. 불과 몇 시간 전까지만 해도 한데 살을 섞고 있던 남자의 갑작스러운 결별 선언이 당황스럽다는 듯이.

누군가와의 만남이 또 다른 사람에게는 조롱이 될 수도 있다는 사실을 깨닫기까지 오랜 시간이 걸렸다. 희정과 나는 한 침대 안에서 서로의 몸을 탐하고 있었다. 희정의 남편으로부터 전화가 온 것은 내 몸이 그녀 안으로 들어가고 호흡이 가빠지고 있을 즈음이었다.

잘 올라갔어? 나? 청소하고 있어.

희정은 조금 전의 열띤 목소리를 감추고 태연스레 전화를 받았다. 휴대전화 너머로 에어컴프레서가 돌아가고 타정기를 쓰는 소리가 들려왔다. 희정의 남편은 지난밤 집에서 잠을 자고 이른

새벽에 다시 현장에 나갔다고 했다. 전화기 너머로, 사랑해, 라는 그의 목소리가 들렸고 희정도 같은 말로 대답했다.

나는 휴대전화를 침대 머리에 내려놓는 희정의 모습을 멍하니 바라보았다. 하긴, 애초에 불륜이라는 사실을 모르고 시작한 관계는 아니었다. 하지만 이렇게 그녀 남편의 목소리를 듣게 되자, 어지러이 뒤엉킨 감정이 가슴 밑바닥에서부터 차올랐다. 내가 목수 일을 시작하고 얼마 지나지 않아서였다. 공사 현장에 찾아온 혜영의 어깨에 손을 얹은 팀장과 그를 향해 비스듬히 기대 서 있는 혜영의 모습이 선명했다. 사실 그들은 아무런 관계도 아니었고 그저 나에 대해 걱정 말라는 위로를 나누고 있을 뿐이라는 사실을 모르지 않았다. 그러나 나는 그들을 의심했고 나와 혜영의 관계는 그때부터 조금씩 어긋나기 시작했다.

사진 동호회에서 희정을 처음 만났다. 그녀는 클래식 음악을 좋아했고 나 역시 그러했다. 생각해 보면 외롭다는 희정의 말을 받아들인 것은 이미 불륜을 작정한 빤한 속내가 빚은 자기 핑계에 지나지 않았다. 질투였을까. 아니면 다시 혼자가 되었다는 외로움이었을까. 이미 차갑게 식어버린 내 몸은 희정의 몸에 아무런 반응도 하지 않았다. 그녀 남편이 목수라는 사실이 가슴에 밟혔다. 나의 질투와 외로움 안으로 죄의식이라는 또 다른 감정이 섞여 들었다. 나는 건축 현장의 고됨을 모르지 않았다.

왜 그래?

희정이 내 얼굴을 쓰다듬으며 물었다. 그 순간 그녀 손길 위로 혜영의 모습이 겹쳐진 것은 결코 순간적인 기시감이 아니었다. 혜영이 전화를 받지 않던 그 시간, 그녀가 나 아닌 다른 남자와 내 침대에서 뒹굴고 있는 상상을 했다. 서먹해진 부부 관계에 상대가 외도를 하고 있을지 모른다는 무의식적인 불안과 의심이 끼어드는 것은 어쩔 수 없었다. 차라리 희정은 전화를 받지 않았어야 했다. 그랬다면 나도 지나간 기억을 들춰내지는 않았을 테고 그녀 남편에 대한 동질감과 그로 인한 죄의식에 젖지도 않았을 것이었다. 나는 침대 밑에 어지러이 널려 있던 옷을 하나씩 집어 들어 몸에 걸쳤다.

이제, 그만 만나.

침대 위에 앉아 있는 희정을 두고 아파트 현관문을 나섰다.

"아무도 없어. 직원들도 손님들도."

사람 흔적조차 보이지 않는 공간에 조명만이 환하게 밝혀져 있었다. 부재의 공간에서는 밝은 빛이 외려 두려움의 이유가 될 수 있다는 사실을 새삼 알았다.

"지금, 무슨 말 하는 거야? 정말, 나 안 볼 거야?"

"휴게소가 텅 비어 있어. 화물차 몇 대랑 내 차가 전부야. 사람들은 한 명도 보이지 않고."

말을 하는 동안 점점 더 숨이 가빠왔다.

"거기 어디야? 내가 갈까?"

희정의 애타는 목소리가 휴대전화 너머에서 흘러나왔다. 산새

소리가 휴게소 건물 뒤편으로부터 들려왔다. 그 소리에 묻혀 희정의 목소리마저도 현실이 아닌 것만 같았다. 나는 휴대전화를 자동차 콘솔 박스 안으로 던져 넣었다. 콘솔 박스 안에서 끊기지 않은 희정의 목소리가 웅웅거렸다.

차에 올라 눈을 감았다. 주유소 안이었지만 차를 빼달라고 말하는 누구도 없었다. 이 유령의 집과 같은 휴게소를 벗어나야 할 텐데. 내 발은 액셀에 얹히지 않았다. 텅 비고 어두운 고속도로에서 느꼈던 살의와 이 환한 빈터의 적막과 고요가 주는 이질적인 두려움이 마치 하나처럼 얽혀 들어 내 몸을 붙들고 있었다.

콘솔 박스를 열고 휴대전화를 꺼내 들었다. 희정의 번호로 네 통의 부재중 전화가 남겨져 있었다. 나는 잠시 머뭇거리다 혜영의 번호를 찾아 전화를 걸었다. 비록 이혼이라는 파국을 피하지 못했지만 여전히 혜영은 지난 시간의 나를 그 누구보다도 잘 알고 있었다. 그녀에게 갑작스레 내게 닥쳐온, 전혀 상상조차 해본 적 없는, 이 상황에 대해 뭐라도 말을 해보고 싶었다.

"이 시간에 무슨 일이야?"

전화기 너머로 혜영의 목소리가 잘게 구겨졌다. 이미 자정에 가까운 시간이었다.

"고속도로 휴게소에 아무도 없어."

바싹 마른 입으로 애써 말했다.

"무슨 소리야? 전화는 왜 한 거야?"

"사람이 한 명도 보이지 않는다고."

"무슨 말을 하려는 건데?"

얼마간의 침묵이 있고 다시 그녀의 목소리가 한숨처럼 들렸다. 내가 무슨 말을 하는지 알고 있는 걸까. 사실 그녀라고 지금 상황을 알 리 없었고 내가 설명한다고 이해할 수 있는 것도 아니었다. 그녀의 어조에는 자신의 외도를 알리고 나에게 결별을 통보했을 때처럼 아무런 스스럼도 묻어 있지 않았다. 도대체 무슨 말을 듣고 싶었던 걸까. 나는 혜영의 외도 사실을 남자의 인스타그램을 통해 알았다. 그는 나와 함께 피아노를 전공한 학창 동기였다. 나를 버젓이 두고도 없는 사람처럼 그들의 사진을 인스타그램에 올렸다. 내 존재가 무시되었다는 모멸감이 느껴질 법도 했다. 그러나 그 사실을 확인하고도 화가 나지도, 슬프지도 않았다. 그녀 어깨에 얹혀 있던 팀장의 손을 본 뒤로 나는 그녀를 의심했고 그 상대가 팀장이 아닌 다른 남자였을 뿐이었다. 진실 속에는 의외로 삶의 현실을 무심히 받아들이게 하는 힘이 있었다.

그러나 혜영에게 무심함이란 무기력이었고 무능력과 다르지 않았다. 적어도 그녀는 나와 함께 살면서 일용직을 전전하는 내 모습을 상상하지는 못했을 것이었다. 자그마한 업체였지만 나는 한때 건축회사를 운영했다. 그러나 회사가 문을 닫기는 금방이었다. 건축은 꾸준하지 않았고 몇몇 현장에서는 공사비가 들어오지 않았다. 나는 남은 자본금을 정리해 일꾼들을 내보내고 홀로 일감을 찾아 전국을 돌았다.

집을 떠나 한 달을 꼬박 지방 공사 현장에서 일했다. 그러나 딸아이의 교육비와 생활비를 충당하기에는 부족했다. 아내도 피아노 레슨 시간을 늘렸지만 살림이 빡빡하기는 마찬가지였다. 더 큰 문제는 내가 집에 머무는 시간이 적었다는 것이었다. 딸아이만으로 우리의 갈등을 풀고 그녀의 외로움을 달래기에는 부족했다. 언제부턴가 그녀로부터 전화가 오지 않더니 내 전화마저 받지 않는 경우가 잦아졌다.

"괜히 전화했나 보네."

"그래, 앞으로 이런 전화는 하지 않으면 좋겠어."

도대체 무엇이 그녀를 이토록 당당하게 만들었는지 몰랐다. 이혼의 책임은 내가 아닌 그녀에게 있었다. 얼마 남지 않은 재산은 딸아이의 양육비로 넘겨주었다. 나는 그녀에게 위자료를 요구하지 않았다. 그녀가 나에게 이혼을 요구했을 때 분노를 느끼지 못했던 것처럼 그녀에게 위자료라는 면죄부를 주고 싶지도 않았다. 적어도 그녀가 나에게 일말의 미안함이라도 느끼기를 바랐지만 그건 내 어리석음이었다.

주유소에서 차를 빼서 다시 주차장으로 돌아갔다. 차창 위로 점점이 빗방울이 얹히고 있었다. 휴게소 가로등 불빛 옆으로 빗줄기가 사선을 그으며 점점 더 굵어졌다. 차량 의자에 머리를 기대고 눈을 감았다. 피곤했고 빗길 운전을 하고 싶지 않았다.

잠시라도 쉬었다 갈 생각이었다. 그러나 좀처럼 잠이 오지는 않았다. 가방을 열고 약봉지를 찾았다. 혜영과 갈라서면서 내게는 우울증과 불면증이 남았다. 가방 어디에도 약은 보이지 않았다. 약봉지를 희정의 식탁 위에 꺼내놓았던 기억이 떠올랐다. 나는 희정의 집에서 며칠을 함께 머물 생각이었다.

순간, 불안감이 자동차 지붕에 닿는 빗소리처럼 심장을 때렸다. 숨을 쉴 수가 없었다. 약을 먹어서 불안감이 사라지는 게 아니라 약이 없어서 불안감이 증식했다. 언제부턴가 항우울제와 수면제 없이는 잠을 잘 수가 없었다. 공사 현장에서 만난 어느 목수는 몸이 힘들지 않아 잠을 못 자는 것이라며 잔소리를 했다. 그는 불면의 고통을 전혀 이해하지 못했다. 금방이라도 잠에 빠져들 만큼 머리는 공허한데 눈을 감아도 의식은 깨어 있었다. 의식은 깨어 있지만 또한 몽롱한 잠에 빠져들어 있었다. 잠든 것도 아니고 깨어 있지도 않은 그런 가수면 상태가 밤마다 나를 괴롭혔다.

나는 바지 주머니 안을 뒤졌다. 갑작스레 공황이 밀려올 때를 대비해 가지고 다니던 약을 찾았다. 사그락거리며 손가락 끝에 약 봉투가 닿았다. 비로소 벌떡이던 심장이 조금 가라앉았다. 약 봉투를 꺼내 비닐을 찢고 두 알의 약을 입 안에 넣었다. 물이 없어 알약이 목구멍으로 넘어가지 않았다. 환한 부재의 공간에 홀로 남아 있다는 두려움 탓인지 목 안이 너무나 메말라 있었다. 차에서 내려 다시 휴게소를 향해 발걸음을 옮겼다. 빗방울이 머리 위로 떨어졌다. 알약이 입 안에서 쓰디쓴 맛으로 조금씩 녹아들고 있었다.

  나는 앞서 들렀던 휴게소 본관을 지나 그 옆에 자리한 별관으로 들어갔다. 휴게소 공간 한편으로 설치된 공연 무대가 눈에 띄었다. 동그랗고 빨갛게 10cm 정도 턱을 높인 무대가 있었고 그 위에는 작은 사이즈의 그랜드피아노도 한 대 놓여 있었다. 휴게소에 그랜드피아노가 놓인 공연 무대라니. 다소 뜻밖의 구성이 아닐 수 없었다. 무대 주변에는 붉은 띠가 둘러져 있었다. 공연용, 손대지 마세요, 라는 안내 문구도 붙어 있었다. 주위를 한 번 더 훑어보았다. 어디에도 사람은 보이지 않았다.

  붉은 띠 밑으로 허리를 굽혀 무대 위로 올라갔다. 쓰디쓰게 녹아 목구멍 안으로 흘러드는 알약은 마른침을 억지로 모아 마저 삼켰다. 그랜드피아노 덮개를 열고 건반에 손가락을 가져다 댔다. 너무 오래되어 낯설어진 기억이 머릿속을 스쳐 지나갔다. 내게도 연주자를 꿈꿨던 시절이 있었다. 그러나 재능은 부족했고 주위의 지원 없이 혼자 힘으로 피아노를 계속하기는 힘겨웠다. 방학마다 때론 휴학까지 해가며 건축 현장에서 노가다를 뛴 돈을 모아 유학을 다녀왔지만 나에게 무대에 설 수 있는 기회는 닿지 않았다.

  피아노 건반 하나를 조심스레 눌렀다. 육중하고 무거운 소리가 텅 빈 휴게소 안을 요란스레 울렸다. 나는 몰래 자위를 하다

들킨 아이처럼 놀라 주위를 에둘러 보았다. 여전히 사람은 없었다. 그제야 마음을 다잡고 피아노 의자 위에 몸을 앉혔다. 〈A. Dvořák: Piano Trio No. 3 in F minor, Op 65〉 악보가 그림처럼 머릿속에 선명했다. 벌써 10년이 넘는 시간이 흘렀는데.

페이지터너를 맡아달라는 부탁을 거절했어야 했다. G시에서 진행하는 음악제에 피아노 한 파트를 맡아달라는 요청이 혜영에게 들어왔다. 전국 단위의 대규모 음악제였지만 지역 음악가에 대한 안배 차원에서 들어온 요청이었다. 그러나 나는 내가 아닌 그녀에게 연주 기회가 왔다는 사실에 반가움보다 질투를 먼저 느꼈다. 그녀라고 나보다 더 나은 커리어를 가지고 있지 않았다. 나와 같은 대학을 나왔고 비슷한 수준으로 유학을 다녀왔다. 레슨을 하면서 근근이 생계비를 더하기도 마찬가지였다. 왜? 라는 물음을 입에 물고 거실 소파에 앉아 있던 내게 그녀가 다가와 앉았다.

우리 둘이서 함께 무대에 서면 어때?

나는 질투 어린 감정을 들키지 않으려고 애써 무덤덤한 표정을 지어 보였다.

당신이 페이지터너를 맡아줘.

고개를 가로저어 거부의 뜻을 밝혔다. 그러나 혜영은 나에게 집요하게 페이지터너 역할을 요구했다. 그녀의 요구가 내 질투를 더 크게 키울 수 있다고 생각지 못했던 걸까. 아니면 내가 기꺼이 그녀의 조력자가 되어주리라 순진하게 믿었던 걸까. 나는 끝까지 혜영의 요청을 거절하지 못했다. 질투심에 젖어 있는 용렬한 마음을 들키고 싶지 않았다. 피아노 연주는 혜영의 몫이었고 악보를 넘기는 일이 내 역할이었다. 그 극명한 대비가 어쩐지 그녀와 나의 차이를 설명하는 것만 같았다.

음악제는 일주일 동안 계속되었다. 세계적인 콩쿠르에서 입상한 유수의 음악가들이 연주를 했고, 촉망받는 신예의 연주도 있었다. 혜영의 연주는 네 번째 날의 두 번째 순서였다. 무대 중앙에 스타인웨이Steinway & Sons 그랜드피아노가 놓여 있었고 바이올리니스트와 첼리스트가 자기 악기를 들고 무대로 들어왔다. 마지막으로 혜영이 무대에 올라섰고 나는 조심스레 그 뒤를 따라 걸었다. 객석을 가득 채운 사람들의 박수 소리가 콘서트홀을 메아리쳤다.

혜영과 바이올리니스트와 첼리스트가 객석을 향해 인사를 했다. 나는 그랜드피아노 뒤편으로 몸을 숨겼다. 혜영이 피아노 의자에 앉고 바이올리니스트와 첼리스트가 자리를 잡은 뒤에야 피아노 앞에 놓인 자그마한 보조 의자에 엉덩이를 걸쳤다. 혜영의 연주에 방해가 되지 않고 악보를 넘길 때마다 몸을 쉽게 일으킬 수 있도록 자리했다. 혜영이 라, 음 건반을 눌렀다. 바이올린과 첼로도 그 소리에 따라 음을 맞췄다. 연주자들이 악기를 손에 쥔 채 얕은 호흡을 천천히 내뱉고 있었다.

연주 홀의 흐릿한 어둠 새로 침묵이 깔렸다. 곧이어 바이올린과 첼로의 현악 음이 들렸고 피아노 건반 소리도 섞여 들었다.

나는 내 손을 만지작거리며 협주 음 사이에 섞여 있는 피아노 소리를 골랐다. 20년이 넘도록 보아왔던 악보였다. 바이올린과 첼로 사이에 섞이는 피아노 자리를 모를 리 없었다. 그러나 오선지 위의 음표들이 시야에서 뿌옇게 흐렸다. 마치 혜영이 아닌 내가 연주를 하는 듯 호흡이 가쁘게 차올랐다.

바이올린과 첼로 연주가 멈추고 피아노 소리도 잦아들었다. 연주자들이 들고 있던 악기를 내려놓았다. 연주곡의 첫 번째 악장이 끝났다. 첫 악장 뒤의 짧은 여백 뒤로 피아노 소리가 울렸다. 가볍고 경쾌한 건반 음이었다. 바이올린과 첼로의 현악 음이 스며들었다가 그 위로 미끄러졌다. 바이올리니스트가 어깨를 흔들고 몸을 틀어 현을 켜면 첼리스트의 소리가 뒤를 쫓듯 따라왔다. 소리는 맑았고 환하게 밝혀진 무대를 건너 어두운 객석으로 바람처럼 흘러들었다.

피아노 음이 점차 높아지고 있었다. 바이올린과 첼로 사이를 비집고 앞으로 조금씩 발을 내디뎠다. 어깨가 드러나는 붉은색 드레스를 입고 검은 긴 머리카락을 늘어뜨린 혜영이 피아노 건반을 향해 얼굴을 바싹 들이밀었다. 건반 음의 높낮이를 따라 어깨까지 내려온 머리카락도 들렸다가 가라앉기를 반복하며 출렁였다. 나는 내 모습이 그녀 위로 드러나지 않도록 몸을 최대한 웅크렸다. 그녀가 당당히 연주하는 만큼 나는 점점 더 초라해졌다. 순간, 내 눈앞의 악보가 지워졌다. 바이올린과 첼로 연주가 지나가고 피아노 연주로 넘어가야 할 차례인데 어느 순서에 악보를 넘겨야 할지 알 수가 없었다. 혜영이 연주 속도를 늦추고 있었다. 수없이 연습한 곡이었다. 그녀의 머릿속에도 악보는 선명하게 새겨져 있을 것이었다. 그러나 언제까지 악보를 보지 않고 기억만으로 연주를 이어갈 수는 없는 노릇이었다.

객석의 웅성거림이 내 귓가에 닿았다. 나는 엉거주춤하니 몸을 일으킨 채 악보 위에 왼손을 가져다 대고만 있었다. 연주 홀을 가득 채우고 있던 열기가 조금씩 식어가고 있었다. 혜영의 당황스러운 눈길이 몇 번이고 반복해서 나를 향했다. 피아노가 머뭇거리는 사이 바이올린과 첼로 소리가 길게 늘어지고 있었다. 뒤쫓지 못하는 피아노를 기다리는 듯. 순간 혜영의 어깨가 굳게 경직되며 피아노의 낮은음이 짧게 끊겼다. 그녀의 왼손이 연주를 멈추고 내가 쥐고 있던 악보의 한 페이지를 거칠게 넘겼다.

어두운 객석에 앉아 있던 청중들의 얕은 숨소리가 일순 멈췄다. 고요 위로 또 다른 정적이 겹쳐 들었다. 혜영의 어깨가 연주음을 따라 위아래로 숨 가쁘게 들썩이고 있었다. 나는 다시 그녀 옆의 자그마한 의자로 돌아가 앉았다. 어깨를 가슴팍 쪽으로 잔뜩 웅크린 채 악보를 바라보았다. 아랫입술을 덮은 윗입술 끝이 바르르 떨렸다. 어두컴컴한 객석의 한 자리에 앉아서 연주를 듣고 있을 딸아이의 모습이 떠올랐다.

나는 혜영이 연주했던 피아노 파트를 쳐보았다. 제대로 연습을 해본 적이 없는 곡이라 손가락이 잘 움직이지 않았다. 목수일을 하면서 다쳤던 손가락도 제 음 자리를 찾아가지 못했다.

이마에는 땀방울이 흠뻑 젖어 들었다. 늦은 밤이었지만 한여름의 열기는 여전히 식지 않았다. 셔츠 자락을 끌어올려 이마에 맺힌 땀방울을 닦아냈다. 혜영과 그 일이 있은 뒤로 나는 더 이상 피아노를 내 일로 여기지 않았다. 나는 그나마 몸에 익숙해 있던 목수 일을 다시 시작했다. 악보를 놓치기까지 내 마음속에는 혜영의 연주를 망치고 싶다는 인식이 있었는지 몰랐고 그 의심은 다시 죄책감이 되었다.

"방금 아저씨가 친 거예요?"

화들짝 놀라 나는 등 뒤를 돌아보았다. 분명 아무도 없는 빈 휴게소였는데. 청바지에 면티 차림을 한 젊은 여자가 서 있었다. 여자의 둥근 턱선과 살짝 들린 눈매가 어딘지 모르게 눈에 익었다.

"휴게소에 왜 아무도 없죠?"

나는 서둘러 피아노 무대 밖으로 빠져나왔다.

"이 휴게소는 리모델링 중이라 폐쇄됐어요. 고속도로 표지판에 안내가 되어 있을 텐데 못 보셨나 봐요?"

"그럼, 그쪽은 어떻게 들어왔어요?"

"며칠 뒤면 다시 오픈해요. 그때는 주말 저녁 시간마다 제가 피아노 연주를 하기로 했고요."

나는 고개를 끄덕이며 내 앞에 서 있는 여자를 물끄러미 바라보았다.

"아저씨도 꽤 오래 피아노를 치셨나 봐요?"

여자는 내가 내려온 피아노 무대 위로 올라갔다. 그리고 내가 쳤던 곡을 그대로 다시 연주했다. 연습이 충분하지 않았는지 불안하기는 했지만 내가 지었던 소리보다는 훨씬 더 유려했다. 날렵한 손짓으로 연주를 이어가던 여자가 손을 멈췄다. 내가 혜영의 연주회에서 악보를 놓쳤던 바로 그 부분이었다.

"좀 더 쳐보지."

"어려서 연주회에서 들었던 곡인데 페이지터너가 악보를 놓쳤어요. 피아노 음이 흐트러지고 연주자가 직접 악보를 넘기던 장면이 기억나요. 오히려 그 망가진 연주가 더 인상적이었다고 할까요? 물 흐르는 듯 이어지던 호흡이 끊기고 가쁜 숨을 단숨에 토해내는 그런 느낌이었어요. 물속에 잠겨 있다가 겨우 물 밖으로 얼굴을 내민 것처럼."

여자는 나를 향해 싱긋, 웃음을 지어 보이고는 무대를 다시 내려왔다. 그리고, 오늘 아저씨 연주도 좋았어요, 라는 말을 남긴 채 휴게소 밖으로 나갔다. 휴게소 문이 닫히고 어둠 속으로 들어가자마자 그녀의 뒷모습은 거짓말처럼 보이지 않았다.

잠시 꿈이라도 꾸었던 걸까? 분명 한 사람이 다녀갔는데 휴게소 어디에도 사람이 있었던 흔적은 남아 있지 않았다. 그저 뚜껑이 닫히지 않은 그랜드피아노 한 대가 무대 위에 덩그러니 놓여 있을 뿐이었다. 휴대전화 벨이 울렸다. 희정의 전화였다. 나는 잠시 망설이다가 전화를 받았다. 도대체 내가 머물러 있는 이 공간이 실재하는 곳인지조차 알 수가 없었다. 그녀의 전화만이 나와 내 주위의 실체를 증명해 주는 것 같았다.

"정말, 다시는 나 안 만날 거야?"

"나 이상한 곳에 버려진 것 같아."

"무슨 말이야?"

"금방 한 사람을 만났는데 거짓말처럼 사라져 버렸어."

"이 밤에 운전을 하니 피곤해서 헛것이 보이는 거 아냐. 그만 돌아와. 기다리고 있을게."

희정의 목소리는 한결 부드러워졌다. 다그치는 것만으로는 나를 돌려세울 수 없다는 사실을 알았다는 듯. 나도 유령의 공간 같은 이 휴게소와 고속도로를 벗어나 다시금 그녀 품속으로 돌아가고 싶었다. 그러나 희정의 휴대전화 너머로 들려오던 그녀 남편의 목소리와 희정의 대답이 머릿속을 떠나지 않았다.

처음 내가 알지 못하는 번호로 전화가 왔을 때 받지 않았어야만 했다. 그러나 열한 개의 숫자가 아주 낯설지만은 않았다. 저장되지 않은 전화번호였지만 언젠가 한 번쯤 그 번호를 보았던 기억이 났다. 한참 동안 전화벨이 울렸고 나는 통화 수신 버튼을 터치했다.

안녕하세요? 서희정이에요. 기억하시죠?

비로소 일주일 전 출사 뒤풀이에서 한 여자와 전화번호를 주고받았던 기억이 떠올랐다. 여자가 내 전화번호를 물었고 나에게 전화를 걸었던가. 내 휴대전화에도 그녀의 전화번호가 떴지만 나는 그 번호를 저장하지 않았다.

원래 이런 음악을 좋아해요?

출사를 함께 다녀온 사진 동호회원들이 한데 모여 있었다. 나는 목수라며 내 소개를 했고 카페에서는 Chopin Ballade No. 4가 흘러나오고 있었다. 나도 모르게 손가락이 피아노 멜로디를 따라 무릎을 두드렸다. 그런 내 모습이 그녀의 눈에 흥미롭게 보였던 것 같았다. 서희정이라고 해요. 그녀는 커피 잔을 들고 내 옆자리로 와 의자를 당겨 앉았다. 바짝 당겨 앉은 의자 탓에 그녀의 무릎이 내 다리에 닿았다. 첫 모임부터 여자관계로 동호회원들 입에 오르내리고 싶지는 않았다. 그러나 그들은 나나 희정에게 별다른 관심을 두지 않았다. 그저 조금씩 자신의 음료를 마시며 서로의 카메라에 담긴 사진을 보여주고 있었다.

나도 클래식 좋아해요. 선생님은 어떤 작곡가를 좋아하세요?

희정은 줄곧 내 옆자리를 뜨지 않았다. 나는 우리에게 관심조차 두지 않은 다른 동호회원들의 눈치를 살폈다. 물론, 첫 모임부터 말 걸어주는 상대가 있어 좋았다. 그러나 나로서는 이유를 알 수 없는 그녀의 호의가 마냥 편할 수만은 없었다. 희정의 시선을 피해 카메라가 쌓여 있는 테이블로 고개를 돌렸다. 깔끔한 신형 카메라가 있었고 오랜 시간의 흔적이 묻어 있는 제품도 보였다. 그중 가장 낡고 오래된 기종이 내 카메라였다.

카메라는 언제 샀어요?

그녀가 재밌다는 듯 내 카메라를 요리조리 살펴보았다.

아직은 쓸 만해요.

카메라 메모리를 열었다. 출사지 풍경과 함께 참여했던 회원들의 사진이 담겨 있었다. 그 안에는 희정의 모습도 보였다.

이번 주말에 뵐 수 있을까요?

무슨 일이시죠?

그때도 말씀드렸는데, 그냥 한번 뵙고 싶네요.

그녀의 비음 섞인 얕은 웃음소리가 휴대전화 너머로 들렸다. 문득, 그 위로 혜영의 목소리가 겹쳐 들었다. 어쩌면 그녀도 이렇게 새 연인과의 관계를 시작했을지 몰랐다.

그럼, 그렇게 하도록 하지요.

마침 장마철이라 공사 현장도 끊기고 집에서 놀고 있던 때였다. 낡은 업라이트 피아노로 여러 클래식 작곡가의 곡을 이따금 두드려 보기도 하면서.

"기다리지 마. 지금처럼 만나는 게 무슨 의미가 있어?"

바람은 습했고 나뭇잎이 서걱거리는 소리는 인적 없는 휴게소의 정적을 흔들었다. 휴대전화 너머로 희정의 거친 숨소리가 들려왔다. 그녀가 내가 있는 이 낯선 풍경과 그 속에서 느끼는 두려움을 이해할 리 없었다. 나는 희정의 대답을 기다리지 않고 전화를 끊었다.

휴게소를 나와 여자가 사라진 길을 따라갔다. 바닷가를 향해 오솔길이 뻗어 있었다. 내가 발걸음을 내디딜 때마다 발뒤축이

콘크리트 바닥을 두드리는 소리가 울렸다. 그러나 휴게소 전망대에 이르러 길은 끊겼고 여자의 모습도 보이지 않았다. 도대체 그녀는 어디로 사라진 걸까.

새카만 어둠 속으로 달빛을 받아 하얗게 부서지는 포말을 보며 나는 문득 딸아이를 생각했다. 아이는 부모를 닮아 피아노를 좋아했다. 재능도 나쁘지 않았다. 일찌감치 아이는 피아니스트가 되겠다며 재잘대고 다녔다. 포말이 부서지고 다시금 그 뒤로 파도가 밀려들었다. 20일짜리 공사를 마치고 집으로 돌아온 내게 아내는 이만 갈라서자는 말을 꺼냈다. 거실에 놓인 그랜드피아노 한 대가 먼저 눈에 들어왔다. 피아노 뚜껑은 열려 있었고 악보대 위에는 헨레 악보가 펼쳐져 있었다.

학원 갔어.

혜영이 팔짱을 끼고서 내 얼굴을 빤히 바라보았다. 나는 무너지듯 거실 가죽 소파에 주저앉았다. 아내에게 다른 남자가 생겼다고, 이혼하자는 말을 이렇게 쉽게 들으리라 예상하지 못했다. 아이는 그저 평소처럼 피아노 연습을 반복하며 학원을 나가고 있었다. 아이가 태어나던 해에 샀던 가죽 의자에서는 오래된 먼지 냄새가 일었다. 딱, 딱, 딱, 피아노 위에서 끄지 않고 틀어놓은 메트로놈이 일정한 박자음을 뱉어냈다. 혜영의 몸에 묻어 있던 서늘한 기운이 거실 공기 속으로 스며들었다.

당신이 지금 무슨 말을 한 건지 알아?

마지막까지 무덤덤할 줄 알았는데. 뜻밖에도 내 목소리는 떨리고 있었다.

물론, 다 알고 하는 말이야.

혜영은 거실 조명등 바로 밑에 서 있었다. 검은 그림자가 그녀의 발밑으로 선명했다. 그녀의 낮고 차분한 목소리에는 스스럼이 없었다. 나는 손바닥으로 무릎을 짚고 그녀를 향해 몸을 일으켰다. 잠시 흥분됐던 기분도 가라앉고 헤어지자는 혜영의 말이 그저 일상의 언어인 것만 같았다. 다만, 현관 입구에 내려놓은 낡고 해진 내 짐 가방이 초라해 보일 뿐이었다. 나는 짐 가방을 집어 거실 한복판으로 던져놓았다. 가방 지퍼가 터지고 옷가지가 쏟아져 나왔다. 그중 몇 벌은 혜영이 개켜서 가방에 담아준 그대로였다.

얼마나 오래 전망대 벤치에 앉아 있었을까. 먼바다 위에 비친 달무리가 파랑의 출렁임을 따라 함께 흔들리고 있었다. 나는 천천히 몸을 일으켜 내 차가 있는 주차장으로 걸었다. 전망대까지 올 때는 몰랐는데 휴게소를 거쳐 주차장까지 닿는 거리가 제법 멀었다. 소금기를 머금은 끈적끈적한 바람이 목에 들러붙어 갈증이 일었고 졸음도 쏟아졌다. 곧바로 주차장으로 가지 않고 다시 휴게소로 들어갔다.

휴게소 편의점은 활짝 열려 있었고 조명도 밝혀져 있었다. 냉장고로 가서 고카페인 음료 하나를 꺼냈다. 휴게소에는 공사의 흔적이 조금도 남아 있지 않았다. 아무리 공사를 한다고 해도 이렇게 매점을 방치해 놓은 이유를 알 수가 없었다. 나는 음료를 마셨고, 빈 캔을 쓰레기통에 버렸고, 편의점 계산대 위에 돈을 얹어 놓고 휴게소를 나왔다.

　차를 거꾸로 되돌려 가 볼 수만 있다면 휴게소 안내판을 다시 한번 확인해 보고 싶었다. 정말 공사 중이라는 안내가 있는지. 고카페인 음료 때문인지 정신이 조금 맑아지는 것 같았다. 자동차 시동 버튼을 누르고 액셀을 힘껏 밟았다. 내 몸이 차량 좌석 뒤편으로 밀렸다가 휴게소 출구를 돌아나가며 운전대 앞으로 쏠렸다. 급가속이 된 자동차가 빠르게 휴게소를 빠져나가 고속도로로 들어섰다.

　고속도로는 여전히 어두웠다. 자동차 라이트 불빛에 반사된 차선만이 빠르게 차 뒤편으로 밀려갈 뿐이었다. 여전히 차는 들썩거렸다. 나는 차 바퀴 밑으로 무엇인가 깔려 지나간 듯한 느낌에 의미를 알 수 없는 희열을 느꼈다. 새카만 어둠 속에 숨어 있던 가드레일이 쉼 없이 흘러가고 있었다. 액셀을 밟은 발끝에 힘을 더했다. 차량 계기판의 속도계가 빨간색 영역으로 들어섰다. 백미러에 비친 휴게소 건물의 환한 불빛이 고속도로 어둠 속으로 흔적도 없이 사라졌다.

"

하지만 삼나무들에게도 나름의 종잡을 수 없는 마음이 있습니다.
나의 종잡을 수 없는 마음은 오늘 이곳에서 당신을 보는 것입니다.

– 쇼팽이 누나 루드비카에게 보낸 편지, 1849년 6월 25일

"

나는 비처럼 흥얼거렸다

최라라

비가 온다
당신은 몰랐으면 좋겠다
비의 비애를

음식물 붉은 냄새가 콘크리트를 물들이고
젖은 고양이는 도대체
어쩌려고 저기에서
꼼짝 안 하는 걸까

그래도 당신은 몰랐으면 좋겠다
악취 나는 비의 노래를

목적지가 어디인지 자꾸만 묻는 비에게
나는 엄마처럼 말한다
얘야 그냥 눈 꼭 감아,

있다는 생각 말고는
아무것도 없는 세상

나는 언제부터 비를 흥얼거리고 있었을까

듣는 동안

이소연

사람이 세 번 늙는다는 말을 믿기로 했다

쇠 식는 냄새로 반생을 산 아버지,
귀를 잃고
지나치게 밝은 잠만 잔다

산재 보험금 기다리며
한여름을 보내는 동안

총명한 아버지
쓸데없이 배곯았던 일들만 쏟아내기 시작한다
아직도 혼자만 흙먼지 달리는 들판에 서 있다

폭설에 쓰러져 가는 나무처럼
그리되었다.

"귓속에서 귀뚜라미 소리가 나"

이제는 눈물 모으지 않고
문질러도 지워지지 않는 검버섯을 키운다

늙으면 왜 허리부터 휠까
죽음이 꼬부라진
지팡이를 부른다
두툼한 손등처럼 엎드린
울분이여, 잘 참았구나
이제 노래를 부를 때가 된 것이다

어머니 장례식에 안 온 사촌 당숙 이야기
여기저기 큰일마다 찾아다닌 일이 다 억울하고
연 끊은 작은집 식구들에
맏이라고 동생들 뒷바라지한 것이
두고두고 후회된다는 아버지
후회 앞에서는 올곧기만 하고

벌어놓은 돈
다 쓰고 죽을 거라는
다음 주엔 대만에 다녀올 거라는
늙은 나의 아버지

그래요, 그래요, 그러세요

나는 휴대전화를 들어 '보청기 정부 지원금'을 검색한다

날도 추운데 왜 이리 졸음이 쏟아질까
한 번 더 늙으면 후회도 없이 잠에 들까
쇠한 음표들이 떨어져 내린다

물결치는 유리창들

유종인

가령, 이런 일이 있다고 치자
그것은 단단히 붙박인 건물의 유리창이 그날따라 노을에 설레는 것
노년의 응석이라고 해두자

저 봐라, 노을이 창세기의 기억으로 빗발치면
단단했던 외벽의 유리창들의 어깨가 술렁이는 것
어깨를 겯고 물결치는 노래의
첫 악장은
탄성을 위한 비워둠이 제격인 것

그럴 때면 따라오라 이 도시에
날아든 표범이 퇴근 중인 사람들의 눈길을 끌어
토막난 정원을 큐빅처럼 펼쳐 초원으로
한두 발짝씩 내딛게 하는 것
은밀한 과감함은 한두 발짝 바람의 시음에서 비롯된 것

아 영원의 응석은 봄일까
하루마다 찾아드는 겨울날에도 볕 든 모래 반 줌을 쥐는 버릇은
영원의 무진장한 천안(天眼)에 흩뿌려
감정 없는 눈물을 쥐어짜 보려는 오래된 버르장머리,
이중적 삼중적 사중적 그러나 하나의 다면체인
사랑의 천수관음의 물결들,
저 고딕체 빌딩의 유리창을 일렁이는 거북 등짝으로
영원의 점괘를 불태워 보려는 것

거두절미, 미처 거두지 못한 술잔에
몰락과 갱생의 몰약이 고요한 입술을 부르듯

쬐다

문성해

모닥불을 쬐듯
음악을 쬐네

모닥불이 손바닥을 쬐듯
음악이 나를 쬐네

손금을 핥아 읽는 모닥불처럼
음악은 흘러가네
굽이굽이 나의 혈관 속을

나의 손톱 발톱을 자라게 하네
자정을 밝히는 모닥불처럼

쇼팽의 발라드 4번

나를
과수원집 아이의 뜨거운 윗목으로 데려가
밤새 지키게 하네

붉고 거친 열을 업어가고
맑고 흰 새벽을 데려다 놓네

쇼팽 발라드 4번
〈F. Chopin Ballade No.4 in F minor, Op.52〉

쇼팽은 1842년 5월, 다시 노앙으로 갔다. 그곳에서 발라드 4번이 작곡되었다. 상드의 고향 노앙은 프랑스 중부 지역 베리 지방에 있다. 파리에서 300여 킬로미터 떨어진 노앙은 파리에서 마차로 이틀이나 걸리는 곳이었다. 상드의 저택은 그녀의 할머니가 상드가 태어나기 10년 전에 구입한 것이었다. 광활한 땅에는 농장이 있었고 18세기에 지어진 2층 규모의 대저택은 성과도 같았다.

상드는 파리의 친구들을 노앙으로 초대했었기 때문에 노앙의 저택에는 손님들이 끊이질 않았다. 쇼팽과 친했던 화가 외젠 들라크루아도 여러 번 초대를 받았다. 발라드 4번을 작곡하던 1842년에도 들라크루아는 노앙을 찾았고 그곳에서 쇼팽을 만났다. 들라크루아는 노앙에 대해서 이렇게 말했다. "노앙은 나를 사로잡고 나에게 위로를 준다. 노앙은 드물게 모든 것이 아름다운 곳 중의 하나이다. 노앙은 항상 내 마음속에 있다."

쇼팽은 수줍은 성격의 소유자였고 세상의 번잡한 일들을 힘들어했다. 그런 그에게 노앙은 작곡에만 전념할 수 있는 완벽한 곳이었다. 곡풍도 마요르카에서 작곡한 곡들에 비해 밝고 우아하게 변했다. 쇼팽은 여름을 포함해 한 해의 반은 노앙에서 지내고 나머지 반은 파리에서 보냈다. 발라드 4번(《Op.52》)은 1842년에 파리에서 발표한 작품인데 쇼팽의 발라드 중 마지막 작품이다. 이 시기는 쇼팽의 나이 32세 때로 발라드 4번은 네 개의 발라드 중 음악적으로 가장 무르익어 있다. 쇼팽의 발라드 중 1번과 3번이 자주 연주된다고 할지라도 평론가들과 음악학자들은 4번의 예술성이 정점에 있다고 높이 평가한다. 연주 난이도 또한 가장 어려운데 특히 코다 부분은 극악의 난이도를 자랑한다. 피아니스트 알프레드 코르토(Cortot, Alfred Demis 1877~1962)는 발라드 4번에 대해 "의심할 바 없이 가장 아름답고 가장 풍부한 음악적 본질을 갖고 있다"라고 평했다. 소나타 형식을 차용한 악곡 구조도 복잡하다.

이 곡은 쇼팽이 미츠키에비치의 시 〈버드리의 세 형제〉를 읽고 난 후 쓰였다. 시의 내용은 다음과 같다. 어떤 부모가 귀한 보물들을 찾아오도록 아들 셋을 먼 나라로 보냈다. 아무리 기다려도 아들들이 돌아오지 않자 부모는 자식들이 죽은 줄로만 알았다. 그런데 형제들이 침탈당한 불모지로부터 신부들을 데리고 부모에게 돌아온다.

피아니스트에게 복잡한 감정을 표현해 낼 것을 요구하는 이 곡의 시작 부분은 2번이나 3번의 그것처럼 맑고 서정적이다. 그러나 발라드 4번은 2번, 3번과는 다르게 서주 부분이 있다. 곡의 구조를 들여다보면 발라드 1번(《Op.23》)처럼 내레이션에 해당하는 서주 부분에 이어서 제1주제와 제2주제, 그리고 종결 부분인 극적인 코다로 구성되어 있다. 특이한 점은 발라드 1번의 서주 부분은 중간에 다시 등장하지 않는데 발라드 4번에서는 곡 중간에 서주 부분이 다시 등장한다는 것이다. 물론 다시 등장하는 서주 부분에 쓰인 화성(화음을 연결해 가는 것)은 시작 부분의 그것과는 다르다. 이것이 묘한 매력을 불러일으킨다. 그리고 이어서 재현되는 제1주제의 화음들도 처음 등장할 때의 화음들과는 다르다. 또한 화려하게 장식되어 흐른다.

바단조 8분의 6박자로서 연속되는 사G 음으로 시작되는 서주 부분은 1번의 그것처럼 단호하거나 힘이 넘치는 것이 아니라 고요하면서도 인상적이다. 마치 다장조의 선율처럼 해맑게 들리는데 다장조는 바단조의 딸림음조이기 때문이다. 서주는 두 번 되풀이된다. 피아니스트 조성진은 이 서주 부분에 대해 발라드 2번의 제1주제와 비슷한 부분이 있다고 말했다. 그는 또 밤하늘의 별을 바라보는 것 같기도 하고 천상의 노래 같기도 하다고 말했다.

제1주제는 쇼팽 특유의 우울한 분위기에 싸여 있고 춤곡풍이다. 그것은 쇼팽의 마주르카를 연상시키기도 하고 왈츠를 연상시키기도 하는데 매혹적으로 들린다. 그리고 변주되어 또다시 되풀이된다. 그리고 곡을 제2주제로 유도한다. 제2주제는 내림 나장조로 진행되는데 마치 평온한 합창을 듣는 듯한 기분을 불러일으킨다. 그러고서 음악은 기술적으로 어렵고 구성이 복잡해진다.

발라드 4번에는 새로운 개념들이 많이 나온다. 많은 반음계적인 부분은 바흐의 음악처럼 느껴지기도 한다. 그러다가 절묘하게 처음의 주제로 돌아간다. 제2주제도 변주되어 복귀된다. 그 후 환상곡풍의 매우 빠른 부분이 화려하게 펼쳐진다. 종결 부분의 앞부분은 감정적으로 절정인 곳이다. 발라드 4번은 격렬한 종결부를 통해 완성된다. 광기에 찬 종결 부분은 연주에 있어서 기술적인 어려움을 동반한다. 이러한 어려움은 발라드 4번이 흔하게 연주되지 않는 요인일 것이다. 발라드 4번은 로스차일드 남작의 부인에게 헌정되었다.

끝으로 쇼팽을 일컬을 때의 발음에 대해 덧붙이고자 한다. 쇼팽의 아버지 니콜라 쇼팽은 프랑스인이었는데 1787년에 폴란드로 이주했다. 이후 1806년에 쇼팽의 어머니인 폴란드인 유스티나 크시자노프스카와 결혼했다. 'Chopin'(프랑스어 발음으로 쇼팡)은 외국 성씨였으므로 폴란드에서는 호핀이 아니라 쇼펜으로 불렸다. 쇼팽의 성씨가 원래 프랑스 성씨이기도 하거니와 생애의 반을 프랑스에서 살았으므로 작곡가 쇼팽은 프랑스어 발음인 쇼팡으로 불리우는 것이 타당하다고 필자는 생각한다.

(추천 영상 검색어: Seong-Jin Cho Chopin Ballade No.4 Yellow Lounge)

Profile

권정현
단편집으로『골목에 관한 어떤 오마주』, 장편소설『칼과 혀』,『미미상』,『검은
모자를 쓴 여자』, 장편동화『톨스토이 할아버지네 헌책방』 등이 있다.

김 강
2017년 단편 소설「우리 아빠」로 21회 심훈문학대상 소설 부문 대상을 수상하
며 작품 활동을 시작했다. 장편소설로『그래스프 리플렉스』, 소설집『우리 언젠가
화성에 가겠지만』,『소비노동조합』, 앤솔러지『여행시절』,『작은 것들』 등이 있다.

유희란
2013년 세계일보 신춘문예에 단편소설「유품」이 당선되어 작품 활동을 시작
했다. 2014년에는 대산창작기금을 받았다. 장편소설로『감동적인 말로 나를 깨
워』, 소설집『사진을 남기는 사람』이 있으며 앤솔러지『소방관을 부탁해』를 함께
썼다.

채 윤
2019년에 동리목월 신인상을 수상하며 작품 활동을 시작했다. 앤솔러지『작은
것들』을 함께 썼다.

문성해
2003년 경향신문 신춘문예로 등단했으며 시집으로 『자라』, 『아주 친근한 소용돌이』, 『입술을 건너간 이름』, 『밥이나 한번 먹자고 할 때』, 『내가 모르는 한 사람』, 동시집 『오분만』, 그림책 『국수 먹는 날』 등이 있다. 대구시협상, 김달진문학상부문 젊은시인상, 시산맥작품상, 목일신아동문학상 등을 수상했다.

유종인
1996년 문예중앙에 시 「화문석」 외 9편으로 신인상, 2003년 동아일보 신춘문예 시조 부문, 2011년 조선일보 신춘문예 미술평론 부문에 당선되었다. 시집으로 『숲 선생』 외 몇 권, 시조집 『용오름』 외, 미술교양서 『조선의 그림과 마음의 앙상블』 등이 있다. 지훈문학상 등을 수상했다.

이소연
2014년 한국경제신문 신춘문예로 등단했으며 시집으로 『나는 천천히 죽어갈 소녀가 필요하다』, 『거의 모든 기쁨』, 산문집 『고라니라니』를 함께 썼다. 2023년 양성평등문화상 신진여성문화인상을 수상했다.

최라라
2011 〈시인세계〉로 등단했으며 시집으로 『나는 집으로 돌아와 발을 씻는다』, 산문집 『당신에게도 그런 사람이 있기를』을 썼다.

시와 소설, 쇼팽으로부터

쇼팽을 읽다

1판 1쇄 2024년 4월 17일

지은이	권정현, 김 강, 문성해, 유종인, 유희란, 이소연, 채 윤, 최라라, 최정호
펴낸이	김 강
편집	최미경
디자인	제일커뮤니티 054·282·6852
인쇄·제책	천우원색인쇄사
펴낸 곳	도서출판 득수
출판등록	2022년 4월 8일 제2022-000005호
주소	경북 포항시 북구 장량로 174번길 6-15 1층
전자우편	2022dsbook@naver.com
ISBN	979-11-983924-5-9

값 16,000원